§

As if
we never

met

I

图 说

美花儿，娇的有收敛，

艳的有分寸。

一 武侯祠：羞煞春晚舞美的海棠开了　P.220

因为有过，所以难舍。

因为难舍，所以不忍。

一 观音寺：一寸相思一寸灰 P.246

这些东西好像难以相信出自 13 岁的孩子。

许尔纯《无题》/80cm × 100cm

→　许尔纯：视觉奶油　P.264

她只是在那儿，水中的身体，

只是一种在的状态。

朱可染《水妖》／120cm×90cm

→ 朱可染：是什么指向那一个个谜底　P.206

青春就是伤口，

我们都曾为它流血。

曹卫国《伊人》／180cm×220cm

→曹卫国：依旧是迷人，难以捉摸　P.152

乌鸦应该是进入天堂的，很通灵的鸟，

玫瑰园代表美好，风微微，白玫瑰随风摇曳，

亭亭玉立又卓尔不群。

林晓明《乌鸦穿过玫瑰园》／80cm×200cm

一　林晓明：何多苓的"另类"弟子 P.082

绣艺就是，

时间的摆渡人。

→ 诗婢家：绣，是时光打回人间的镜面 P.072

我看花如我，

花看我如花。

→ 荆歌: 珠光宝气 P.100

我读到即将倾倒的悲观色彩。

谢常勇《风景系列之余光》／80cm×60cm／2013

→ **谢常勇：岁月不饶人，我亦未尝饶过岁月 P.274**

他煎熬着画，画也煎熬着他。

蒋剑《某某》／2013

→ **蒋剑：成都最后一个"艺术钉子户"的故事 P.062**

一棵树、一丛草或是一片风景。

李忠《杂草猛生》／直径 60cm 布面丙烯 ／2015

→ 李忠：我在阳光灿烂的地方 P.110

藏锦衣，牵广袖，今夜可停留。

倚窗棂，凭栏望，漫天雪纷飞。

霍晓《独调八章》／69cm×70cm

一 微·美术馆：微美七章 P.180

爱人不要牵我的手，

只因我不能洗去你的忧愁。

曹阳《青壁 No.05》/180cm×165cm

一　曹阳：有轨道的漂泊，不如一个院落温柔　P.o48

锦灰不成堆，今朝风日好。

张大千《人物》/102cm×50cm

→ 诗婢家：你如何能得见如此年轻的张大千 P.138

丹青泼墨，

每一次触纸都不是一件精于计算的工艺。

何进《荷花山水圆瓶》／120×45cm

→ 何进：这些画作没有名字只有图说 P.282

像家人一样聊天，然后，

在挨着的老窗户之间交换生活之物。

魏葵 /《大慈寺冬景 1》/ 136cm × 68cm

→ **魏葵：情境水墨 P.192**

无雪有雾，圣诞佳期，

拥紧身边人，饮杯樱桃酒。

→ 向洋：假如人生是一钵樱桃 P.232

这世间除了生死，哪一桩不是闲事？

→ 金士杰：不是生死课，而是笑忘书 P.298

人生再大的喜乐，

只有那么一碗人情，所以不要辜负了茶。

→　小昭茶社：饮一碗人情，人走茶不凉　P.124

那个时代的王承云，

如同风柜来的人。

→　王承云：墨色无间　P.164

§

As if
we never
met

II

序 篇

我们字里相逢

—

谢礼恒

2017.3.20

出家人悟禅听说都要本源，所谓四壁画《西厢》。明末大家张岱《快园道古》里写，邱琼山路过山寺，惊见四壁俱画《西厢》。

曰："空门安得有此？"
僧曰："老僧从此悟禅！"
问："从何处悟？"
僧曰："老僧悟处在'临去秋波那一转'！"

看得懂董桥的时候，我亡命读了很多董桥，一派盛世老旧的欢歌。起这样的开头，我修改了好几次，似乎要把这浪漫代价一并结清。当然不是要在异乡的镜花水月幻影里寻找身份，确实是需要抽离出凡日的琐事，静心写那不染风尘的秋波。之前第二本采访录《何时再见梦中人》的前言我特意拿到伊斯坦布尔去写，那个微风泠泠的春日下午，我手写了 3000 字的感慨，对面有位长发女郎靠着餐椅睡着了，风摧青草，白露成霜。今年农历二月二，龙抬头，之前在"艺术野疯狂"（微信公众号）里写了一则新津观音寺的稿子，受到很大关注。凄美冷落成了春逝的唇语，告诉我时间的温度要靠亲近，抚摸伤口当然可安慰几分倒毙的摧残，可观音寺多少还算是媚香楼上的佳人，余温袭袭。

许多读者寻着那寂寞前去，多少也算是求一份观音的大福。借着这份兴致，我按图索骥找到新都新繁镇荣军路 86 号的新都龙藏寺。这大隐于四川荣军校、伤残军人休养院里的古寺，给了我另一个伤痕累累的曾经。

电视剧《大秦帝国之崛起》里，秦昭王嬴稷说要成为一个好帝王的教训太大，他的母亲宣太后回了一句动人心魄：君王本就该伤痕累累。你恨你怨你恼，都没有办法。你恨而不能恨，不能说，你恼而不敢恼，不敢说，是谓愁。

龙藏寺曾经的那份傲骨，显然风逝为一丝薄媚，为调伏暴恶众生袒露的忿怒化相，依依留在那碎瓦鳞片之上。那天天色向晚，几近昏黄，我担心手机没电，节制拍照，可随处见之破败荒衰，又令人心疼心悸，一再按动快门，留住这份萧索。新津观音寺给人之静谧幽雅，虚飘飘庄周梦蝴蝶之感，而这龙藏寺似之金刚垂死，颤巍巍竹影走龙蛇。愁最磨人；庙外人愁，庙里佛愁。我想这愁也分深浅轻重。

我始终未寻见其中菩萨或佛陀塑像，据说都搬离单独修缮去了。好事，暂时离家，静待冠盖若云。

一株巨大的山茶，不问痛楚，艳又无言，在最后的藏经阁背后夹缝生长，阁楼与荣军校的宿舍共用一个小小庭院，短短三五步路，横跨千年凄迷。我为山茶拍照，庙门内一无款偈联："出入那边莫把门头走错，往来这里须将道路认真。""三百年前的龙藏寺夜以继日地印刻各种佛教书籍，出版《方外诗选》《蜀诗续钞》《钞笼文集》等，这楼阁上曾发现雕版 3000 余件……"

绕着背后一圈，拍了几张打围待缮的局部。沟边的瓦楞，躺在这世间迷道，轻愁悠悠。几个大学生模样的男女拿着最新款的苹果手机拍这残寺试镜头，对准的角度，满是那沾惹蛛网的封栅和"禁止入内"的天蓝色铝板。

我的镜头穿过大雄殿单檐歇山式屋顶的翼角，听它与冷春的互问，想象那股倔强气，烟雨楼台，都成旧影。外面有放生池，有医院，寺外问医治人，寺内问诊救心。

龙抬头，一些地方的风俗，要为土地公公"暖寿"。一个暖字，也愁。一座古寺，没有香火，愁更愁。之前有读者私信说这新都龙藏寺再不修缮就完蛋了。一把雷劈掉壁画墙的一半，我无从考证，不敢乱说，但我去了，古旧得很，雍雅极了。更稀世的是，里面9幅明代壁画，总面积114.3平米。

那天我去龙藏寺，几位画家朋友看我提前剧透两张工作照，猜到地方的纷纷说是"好地"，这"好"，透着末世星月繁华、艺情匠心；猜不到的又问，怎荒败至此，莫不心痛。其实古寺开展修缮已有些时日，我为工人拍照，他们鱼贯为屋顶盖上新瓦，像个仪式，我在黄昏阴影里看着其间破败的柱檐匾亭、无头佛像、残衰壁画，荒草萋萋，陡然想起那两百多岁的明朝，一定禅宗襟怀。这种陡然的难舍，惊鸿一现，比轻愁更磨人。我见到那刻下的《心经》，在窗棂上被玻璃罩住，里面似乎还摆着麻将茶座，"色即是空"闪着一丝无奈的烟波，晃过面前这层层叠叠的乾坤世道，弹指红颜老，刹那芳华逝。

更多艺术界同道知道龙藏寺，该是这其中碑林。这次无缘得见，该是道行太浅，不予相认。历来觉得浪漫邂逅，不是互找，不是途中欲遇不得，或在拐角扑空；邂逅，该是那份不得的怅然若失，心里念想，才高级。

喜欢在这日色里寻访冷落之处，6岁的女儿豆豆跟着去了好几个地方。和她一起，我们一同经历了很多，见到各种各样的景致和人，她恐怕是不懂这些地方的，但她会问，为什么到这里来。我之前有满肚子话可以告诉她，但真正到该说时，又说不上来。

"艺术野疯狂"和其他媒介最大的不同，它是一个巨大的载体，承接我们不可一世的孤傲与偏执，艺情与人情。这个场域从去年5月30日发布第一篇推送以来，已然一年，推送了数百艺术家和展览的背后故事，"艺术野子"和"艺术野史"的主旨也开始慢慢被更多人关注，"艺术野疯狂"——谢谢那个阳光午后许燎源先生的一挥而就。"艺术野疯狂"本来叫"艺术也疯狂"，只可惜"也"已被别人抢先注册，也好，野也好——于是柳暗花明，于是"野"了起来，不按照传统思路去写艺术，去介绍艺术、传播艺术。它有情理之中的自然而然，也有意料之外的惊喜色彩，有趣儿。写到一定程度，看着不断攀升的阅读量，于是还想结个集子，给大家汇报一下这份柳暗花明的进度，春日里不想耽误这好春光。

书法、绘画、古玩、雅集等等内容，几乎是这本集子的主题，"静摄清心知我拙"。我希望它们都老得有尊有贵。惆怅时读读这书恐怕也是好的，求的是浮躁时读读可平心里的兵荒马乱。我始终相信只有经得起推敲的时光，才不辜负它的流逝。

设计师天琪说她也想做一本有尊贵感的集子，不是说它得有多贵，而是满足心里的一份对老日子的怀念。我和编务八月未央、设计师一起，删繁就简，去除了很多韶华浮标，静静剩下一些时间里的流光疏影。其中有特别精彩的摄影作品，就出自八月未央的手机镜头，部分有趣的写作，也来自于她的灵光乍现，要真诚感谢她。相对默默，已在不言中，两心相同，回忆无穷，只因众芳寂寞久。

前几本书关注了上百位光彩熠熠的艺术家，而这个小集子，我想引导读者关注一些寂寞的内容，更多是白描，更多是叙述，和那些徐徐展开的人情世故互道一句珍重。诗婢家的郑佳和李春红，给了这本书很大支持，有不少画家给了这本书大灵感：王承云、魏葵、向洋、曹阳、林晓明、蒋剑、李忠、曹卫国、谢常勇、许尔纯、何进等等，一并致谢。也要谢谢我一直的合作伙伴张涵，在这本书的前言再次出现他的名字，有特别意义。等着，我们字里相逢。这本书付梓时，正是豆豆生日，也祝我的艾蒙生日快乐。这本书是送给你的。

再一次致谢出版社的龚爱萍，她是一个温和的出版人。

特别鸣谢岁月艺术馆、福宝美术馆、四川浙商美术馆、诗婢家拍卖有限责任公司、大观艺术馆、蓝顶美术馆、千高原艺术中心、清源际艺术中心、像素空间、御翠草堂微·美术馆、蓝顶青年艺术村、蓝顶工厂艺术区、武侯祠博物馆、杜甫草堂博物馆、金沙遗址博物馆、四川艺术研究院、四川省诗书画院、四川中国画学会、成都画院、成都画廊协会、浓园国际艺术村等文博艺术单位的大力支持。

§

As if
we never
met

Ⅲ

目　录

Contents

§

As if
we never
met

IV

乌鸦穿过玫瑰园

少年　朝　　　　　食

001

曹阳

—

有轨道的漂泊

不如一个院落温柔

2016.12.2

清早阳光，照明半高墙的一角，喜鹊喳喳叫，天井花坛葱茏。

　　带点酱，甜味，拌了海带丝的咸菜，莹白的暖暖香米粥，带着母亲的温度，没有比粥更温柔的了。

　　东坡、剑南皆嗜粥。好多人毕生流离红尘，就找不到一个似粥温柔的人——年龄越大，越易被这平实的温柔击倒。之所以温柔难求，是因为世道硬了："艰难"二字，"难"不怕，总有方法迈过，技术层面的问题罢了；"艰"真可惧，心理层面的困局难过，难过好多人。这"艰"，不是心硬了，是日子越来越长了。觉得难，日子才过得慢。

　　曹阳的作品我之前并无深入了解。著名主持人杨澜收藏了他的两幅作品，好几年的视频采访节目中，一直出现在镜头里。

　　"日长无事蝴蝶飞"，这蝴蝶是日子的拆信刀，一刀下去，手抖的同时也在期待一份喜忧。曹阳要办个展（临界的风景：曹阳作品展，12月3日至11日，四川博物院），几个圈内朋友约我去看，各式各样性格的人都在谈论。我想，曹阳一定有什么话要说。

漂泊后的相见

院子、河湾、雪山草地、老街。曹阳画的是日子，还有日子里的风景。我一看，四川博物院布展现场一地的画，隐隐约约地，透着一股肝肠如火却又孤山断桥的清寂味。院子，他画的院子，外面透过门看里面的状态；河湾，洑流薄岸，村犬遥吠，宋画散题，无知的游历竟布满忧郁的神经质的乡愁；老街，一层又一层的街道无非就是一层又一层的人情世故，淡、浓，就在那层烟火气的空旷里，我注意到他的画面里没有人，远近黑白浓淡，没人，像倪云林，可画的都是和人最亲密的环境——初闻黄鹂声，犹忆离家日听雁也。

雁声是出发，黄鹂是到达。这是多好的温柔。

轻烟薄雾，孤山断桥尤足留恋。曹阳从未在老房子里生活过，这个籍贯北方，生居南方的男人，回到南方的院子和街道，半个故乡的房门一开，那个走开之前的他迎将出来。这是一种漂泊后的相见。

As if
We never
met

于是，院子、门，成为时间和家族的隐喻。久别重逢，那种漠然的紧张从未踏足，半推半就的试探、敏感多愁的少年、意象中的诗意行旅……都在这院门内外交汇、重叠，不断出发与不断抵达。少年曹阳充满着对院内生活的好奇和窥探，内心的青春隐秘根本没来得及写进他的笔记里，时间就像火车飞过。对哦，从小他生活在一个铁路系统的家庭里，像火车铁轨边的蔓草那样的一生，恐怕不是他的期愿。

流动的临时院落

火车是一列流动的临时院落，它载着时间一路钢铁般的奔跑，生锈、停运，人，上下过往。

十多二十岁的时候，老房子很吸引他，特别是从四川美院毕业以后回到成都工作，就经常看这些老房子。这比火车带劲多了。"那个时候成都大规模拆迁，很可惜，就开始画这些老街老巷老房子。"他做了很多尝试，找切入点，"门"在表现上很契合他要表现的内容。

实际上，他绘画的初衷是门，老建筑。入画。但在这过程中，它本身的分量和意义呈现了出来，它们飘飘洒洒勾出一道宽容的夜色，笼罩着这未知的感受和生命体验——"我觉得画的时候自己也在产生新的感受，四川身边这些能看得到的东西给了我缓慢而浓烈的刺激。"从身边熟悉的东西入手，曹阳不知不觉记载了一个城市、一片土地的诗意变化。他对最早住的地方印象深刻，结婚后住在古钟寺，就是少年宫那里，六楼，下面全是老房子，青瓦，漂亮得惊人，现在基本拆完了，"我没在里面生活过，我觉得里面有种神秘感，充满了未知，我想去了解它"。

一个局外人，画了一个局外的物象，这好奇、怪诞，而神奇。

有轨道的漂泊
不如一个院落温柔

曹阳1993年在北京中国美术馆办画展，待了很久。但他似乎对北京的"门"没有感觉，堂皇但遥远。成都这房子和他贴得近。

从建筑上讲，成都的房子可能太普通，建筑学家、民俗学家觉得这个在古典意义上的代表性太少了，但我觉得城市中有这种情感，我就生活在这个地方，它掺杂了这种因素。我画的时候，刚开始特别写实，老的那些门、木头、门廊、门墩、柱子，美学形式上很符合我的表达。我生在成都，2岁的时候举家到了广元，12岁上初中又回到成都，我在成都长大，但父母是北方人，那些东西在形式上就和我的爱好、个性很契合。

小时候回东北，我觉得在火车上的感觉很特别，突然停下来，那种感觉又不一样。那种车轮滑过铁轨的节奏感，哐当哐当，给我很特殊的感受，未知感神秘而浓重。车外，晚间一片漆黑，突然一下车子亮起来了，快速从车窗前移动，就觉得一个新的世界可能来了。

一个站，就是一次带光的伤感。

有轨道的漂泊，不如一个院落温柔。

As if
We never
met

六十年代

六十年代生人，是奇怪的一代。我采访的大多数艺术家，基本上都是六十年代生人。曹阳1982年考上美院，1986年毕业，八十年代是一个如云烟如洪流的时代，曹阳20到30岁这十年，充满活力。仅这个时代消逝的一面，就足够他享用一生。

淡，是曹阳作品中最强烈的味道。浓淡的把握，来源于年龄，也来源于成都的天气和生活环境。1996年，由成都市文化局主办，周春芽带头，成都一帮艺术家在北京中国美术馆做成都油画展，规模很大。"当时中央美院院长靳尚谊先生来看展，我印象很深，他感觉四川这边的艺术家色彩感觉和表现比较弱，觉得很不理解，'你们还是要多看印象派的画，要注重外光写生'。我知道他的意思，四川的作品大部分没有色彩。但我们生活在四川盆地，大部分时间缺乏阳光，色彩包着一层薄膜。成都一出太阳大家就兴奋，蓝天白云形成的强烈对比，激动人心。"

但凡对色彩过度敏感的人，都对色彩更为谨慎。一开始，曹阳的这些创作很写实，年轻气盛，不太看得起中国的东西，觉得油画比国画强，"其实那时比较肤浅，就迷法国批判现实主义画家库尔贝，厚重，结实，有嚼头。那个时候我画得特别浓，后面就觉得自己改变了，自己面对重复的东西肯定推不动，思变是必然的路"。

曹阳迷古典音乐，钢琴奏鸣曲，小提琴奏鸣曲，舒伯特、舒曼、贝多芬的小提琴奏鸣曲，特本真的触动和表达。他听巴赫，能把他始终调动在想画画的激动状态。那段时间他听德彪西，发现里面传递的东西和东方精神相通，那轻烟薄雾，如管弦，如钢琴曲，难怪，曹阳作品中的阳光也有音乐感。

河湾的命途

他的河湾系列作品令我吃惊：静到出奇，可读到的更多是静谧中的骚动。看似表面无意识的寻找，却在冬天成都的野外河湾觅得答案。"以前就有个印象，成都的冬天别有味道，有一层薄雾，画面层次变化相对统一、单纯，突然发现我遇到的那种河湾很漂亮，很入画，效果令人动容。宋画的山水气奇怪地浮出来，与之神秘地勾连。作为中国山水画的最高水准，创作者的境界站得高，现代人的灵魂和观念难超古人，这个'难'，就是对日子和生命的理解。"

曹阳的创作将油画的材料媒介属性降到最低，反而呈现了更东方的油画。

成都难有的阳光，和记忆中的少年曹阳一样，懒懒地赖在那些街道身上。我竟和他一样，如此渴望从未有过的年轻。曹阳仍旧迷恋南方，并坚持认定自己的院落情结属于这里。

我深深理解，他的这片土地滋养了时间之箭，穿过从未起飞的川西院落、蛇回铁轨、河湾草滩，它们比起北方高大堂皇的院落、门廊，小了很多，但建筑本质的东西都在，在心理上覆盖了那些余温。那烟火气壮实地穿过曹阳的胃和手，他恍然大悟，这才是他要的温柔。●

As if
We never
met

你 忽 略 别 　 人 　　 也 忽 略 自 己

002

蒋剑

—

成都最后一个
"艺术钉子户"的故事

2016.7.4

第一次半夜去一个艺术家的工作室探访。

虽然有所思想准备，看到蒋剑的工作室环境后，我还是深为震惊。这个城乡结合部的二层小楼，实在跟"风花雪月"之类的词汇无关。

工作室一股猛烈的不可名状的视觉冲力和违和感，狠狠刺激我。我想这些寂寞的疯狂，一定是有狠狠的回报的。

*As if
We never
met*

这是高地。对，就是那个位于成都南端的万安镇里的僻静小村落。这座从外观看上去与其他村庄一样质朴的村落，在艺术圈子里却显得不太一般。这里被艺术圈所熟知的唯一原因大抵是因为"高地艺术区"。高地艺术区成形于 2009 年，从第一位艺术家何工入驻以来，陆陆续续聚集了三十多位艺术家在此进行创作。

但是，《成都高地艺术区将拆迁　自发性艺术群落的命运归宿》，去年我是被这样一则新闻吸引的。坦率地说，在这个圈子里采访报道这么多年，我对高地真的太不熟悉。它对我来说，如同"远地"。之前雅昌艺术网曾与高地艺术区的艺术家们进行了一次对话，目的是"探寻这一自发性艺术群落多舛的命运"。

我一直以为那里已经如同一片艺术废墟，但真没想到，这个"打不死"的蒋剑，仍旧盘踞在那里，说他是成都最后一个"艺术钉子户"并不为过，我半夜把车停到他那栋房子的门口，轮胎碾压着砖头碎石的声音，在周围蛙鸣四起的夜里，格外萧索。

我很惊异他于2011年和2014年两度在纽约切尔西OZANEAUX艺术空间举办的个展。实际上，东方绘画讲究的是呈现效果，西方艺术讲究的则是是否采用了新的方法。他用自己的方式，给这两场展览带来了全新的展示。我十分明白美国藏家对他作品的那种喜欢。

一进门，原生态地把他之前在宽云艺术馆展出过的两个装置作品——《云里》《雾里》——摆在门口，自制的两个射灯如同两枚没落的贵族之眼，盯着它们，像个箴言。但不妨碍它们成为我很喜欢的一组作品。它们真是太特别了。

蒋剑从不认为自己是"钉子户"，实际上他随时准备搬离。他跟村上说，要搬的时候提前说。他没有"钉子"的气质，如常一般地配合。他只是被"钉子户"了。还可以说是他被遗忘在那个角落，他来不及去找新的合适的地方。

于是，我在标题"艺术的钉子户"上慎重地加上引号。

他是被动成为"钉子户"的。他现在是唯一的在老高地的自我"首领",毫无疑问。

我昨晚重读曹乃谦的《到黑夜想你没办法》时,突然觉得他和蒋剑两人的命途有着奇怪的唱和感。这部曾影响我整整十年的小说,打开了我关于文字和音律的想象力和感知力。让我有能力去按照非文字非音乐的方式去跨界看待一件艺术品。我在观照蒋剑的作品过程中,也奇怪地发现了这种感知力和想象力。

和曹乃谦的自认一样,蒋剑也认为自己是被边缘化的一个艺术家。实际上,在今年宽云的展览之前,大部分圈内人对他都不太熟悉,他就像一颗遥远的孤星。

但首先他们应该都是一个土生的匠人,一个手艺人。曹乃谦那些言传口播的雁北哀婉民调,刺到脑胀血流的文字,如同深喉一样动人心魄(《到黑夜想你没办法》生动地描写了 1973 到 1974 年间,苦寒封闭的雁北农村生活）。而蒋剑那些纯都市里的或者说抽离了都市与乡村界限的，带有实验色彩的风景或者"漩涡"系列（更多人把它们看作是对人头发的变体形象）则给了我浓烈的如临命运深渊的危险感。

他要的是一种融合感，油画颜料、丙烯颜料，或者黑白之间的一种融合与色彩渐变的中间灰。

他的作品和创作方式里，丙烯通常不作为绘画材料出现，更多地属于技术层面的材料来使用。他迷恋油画颜料的呈现，它比丙烯慢，他需要那种慢的等待，要一个自然野生的时间差。

每根头发都是他一丝一丝画出来的。那一定是一种无比沉重而又享受的互相煎熬的过程。他煎熬画，画也煎熬着他。大尺幅的一年就是三张，小的一年就是六七张。

提到技艺，我很震撼。

这些画作在 6 年间得到密码般的横生，它们充盈着奇妙的思维和可想而知的精力。

As if
We never
met

创作时，蒋剑首先要做一个特制的框子，绷得很紧，不能有丝毫塌陷的表面，特别大尺幅的作品对绷的质量要求更高。甚至下面要垫东西（可又不能垫木板，木板有弹性），随后可以去掉。要达到"镜面底"的效果。在底色颜料面上，有的作品需要喷一层丙烯，然后倒一层黑色，再做白色面层。然后进行融合、勾结、搅动等创作。作品待干时要始终保持平放。

这些精致的画框都是他自己亲手制作的。他之前如同苦修地做过平面设计、印刷、包装等工作，对他而言，这些技术都变成他创作的一种材料符号，也打开了创作的思想维度。他的画框用亚克力过热处理，边加热边粘合，使之无缝包裹起来，手感也极滑润。坦率地说，这些作品让我有装置一般的抚弄感，和那些置之高阁而不敢触碰的作品不同，这种精良的工艺带着神经质一般的单纯和笃定，反让人有了一种奇怪的亲近感。

艺术不见得就是我们传统的绘画那么狭隘，我认为，这些年来我的艺术心得就是：所做就有所得。全部做出来了，就全部得到了，我的能力就是把这种个人经验和感受力，用一种其他人没做过的方式，组合起来。至于选择的艺术表达对象，都是一种偶象，一种形式。比如，你们看到的这些类似于头发的东西。

我倒是没有想到，他的解释让人吃惊："你都没法真切地关注、观察过你自己的后脑勺，你忽略别人，也忽略自己——每个人都是一个漂亮的局部和细节，头发的漩涡，生命的漩涡，你在这个世界上所处的一个细胞的位置……"

蒋剑的这些细线，有着太阳光线一般的辐射力，但又有着细微的语气，并非仅仅是视觉的爆炸，一切处于一种世界诞生之前的欲言又止之中。●

As if
We never
met

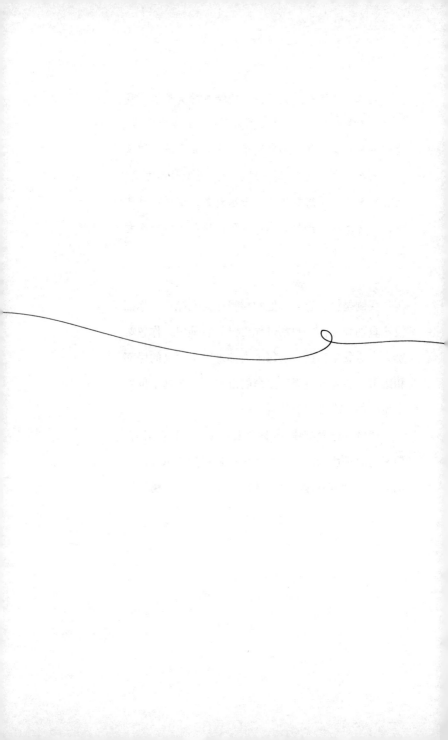

世上万千声音，你为哪种回头

003

诗婢家

—

绣，是时光

打回人间的镜面

2016.11.22

成都人自己的拍卖——诗婢家拍卖十周年秋拍的舞池，终于有了蜀绣专场的出现。诗婢家此番与绣兰道品牌的合作，是为开创巴蜀拍卖之先河。一个百年老店，一个倡导新古典蜀绣艺术的品牌，让蜀绣泛出的韶华不仅仅只是"文艺"这么简单。

　　对于绣，我实在不陌生，2012 年到 2013 年深秋，我连续与四川十多位蜀绣大师有过深度的接触

As if
We never
met

和访谈。他们穿行在无比寂寞的修行命途。他们与时间为敌，自不量力而又竭尽全力。

那年深秋的午后，从一位省大师的工坊走出来，阳光裹着雾气，却总显得阴郁，想起韦庄《台城》七绝，一脸轻愁。

江雨霏霏江草齐，
六朝如梦鸟空啼。
无情最是台城柳，
依旧烟笼十里堤。

民国老绣片绣品

这幅作品是川剧戏服的一角，绣品保留着蜀绣传统的绣法——留水路。所谓"水路"，是一种在绣品里增加装饰效果的手法，通常是在纹样重叠或连接处，空出一些绣地以强化轮廓的凸凹感和清晰度。因留出一线绣地低于绣面，如水流之路，故称为"留水路"。该作品在现今老绣品当中极其少见，堪为珍贵。

十里，一步，百里，也不过一步。时间面前，再远的路，每一步，初见即别离。绣艺就是时间的摆渡人，无论眼神古秀不输唐诗，还是身段娟媚媲美宋词，这都是靠手来记忆的一群人。

了解一个群体，大凡从他们的哀愁处探起。手作与艺术，天生并不矛盾。什么是幸福？我们为什么而工作？人又因为何种幸福而活着或追逐？我们所观察所抗争所努力的一切不都是为了追寻一种"幸福"？

这样的疑问会再一次出现在我们面前，当我面对这些时间和手艺造就的光芒，面对来自天地与风物，手工与耐性织造的珍品，我会突然发现，有些事情真不能用金钱来衡量与解决。这样的时候，我们是否会重新审视手艺人的生活方式？——那些终日以天然的素材为对象，靠常年训练出来的技艺过活的艺术家的生活方式？

是的，我从一开始就不认同他们的工艺色彩，而是直接归到艺术家的光辉中去，他们很好地运用素材的特性，循着一种千百年留下的心路与手迹，心手协应，不断在难以想象的新旧挣扎中进行创造。

她们当然明白这些素材的脾性并尊重它们组合的天道，因为这些丝线本就是天地养就的风华。

值得一提的是，他们在漫长岁月里的创造，带着痛苦的循旧色彩，因为这是她们的技艺之道，但在过程中又适度控制与它们的距离，并试图磨练出一种全新的面貌与肌理，这当然是艺术。绝非工艺那么简单。

严格意义上来说,控制天地风物与心手的距离,即是最高级的人情,涉及人情,即是艺术。

兰心慧质,以绣载道。这是这个意,这个理。

他们是与时间作对的寂寞高手。

一绣平安

"一绣平安",我忍不住写出这四字。借着诗婢家的绣意,今天说说绣的安道与兰心。

我去到位于大慈寺的绣兰道蜀绣艺术慧馆,与那些手工的精华隔空对视。绣其实跟镜头捕获的精彩一瞬一样,我们都不能在相同的光线里,再来一次,即使可以修正。但绣面那最动人的一刻也很快消逝。所以,面对绣,老绣、新绣,我都喜欢,囚禁时光,惩罚它的无情。

As if
We never
met

念。

绣片是时光打回人间的镜面。留，不留，都在镜中人的心境里。

有些时候，面对生活的挫折，我们以为会受不了，其实还好，回望那些老绣，无论呈现怎样的古味和斑迹，我们依旧能聆听手作者当年的绝伦青春，但遗憾的是，我们基本对他们的名字无从记起，他们消逝在时间之河，无从打捞。而如今，我们庆幸看到新古典的绣艺，呈现另一番隽永。

世上有万千声音，你会为哪种回头？

这就是技艺与创造的声音。

绣兰道里最令人心悸的，不是那老绣咄咄摄人的旧时月色，而是温和亲切的新绣艺品，它们在绣师的手里穿越时空绚丽绽放，在新的光泽里长出玫瑰。它们轻盈得就像从未阴沉过一样。

于是，我不再踟蹰于那天从一位高度近视的工艺大师工坊出来的感伤，而是欢欣于看到绣艺在我的面前长出满园的奇卉。

手艺人的工作其实就是他们的人生本身，那里边有很多自古以来的智慧和功夫，甚至包涵了这个文化的历史。这岁月烟波里藏着比这夜空更古老的遗忘。●

As if
We never
met

004

林晓明

—

何多苓的
"另类"弟子

2016.11.10

六十年代，对于我们上一代的人可能是家灾国难，对于我们下一代人可能是天方夜谭，对于我们，可能只是似真似幻的童年。

　　每个人各自的童年或幸福或苦难，我们记住了很多，可能也忘记了很多，可是当那些回荡在记忆深处的旋律和符号飘然而至，心底的咏唱就印证了一切，再癫狂的时代都会留下一些美好，因为有人在，有这些声音、画面在，有曾经的青春在。

As if
We never
met

与林晓明认识了 5 年，这回好好做一做他的采访。

中法建交 50 周年，作为东西方两个历史文化传统悠久的国家，城市之间的艺术文化交流，是增进两国艺术家相互交流、学习的重要渠道。为此，法中文化艺术交流中心特别邀请中国著名艺术评论家、策展人管郁达与陈长虹，共同策划了 "日常诗学——何多苓、林晓明、曾妮艺术展"，作为"文化中国：纪念中法建交 50 周年 中国城市文化艺术展"的重要项目，于 2014 年 10 月 30 日在法国巴黎卢浮宫美术馆展出。

那一次，我跟林晓明有了相对比较深的接触。

因为经过了，才会懂曾经

2005 年，林晓明考上了何多苓的研究生。在这之前，他从事了二十年和艺术并无太多关系的行业。但他没有放弃画画。他本科于 1983 年毕业，二十多年来，在地球物理方面、地质学方面写过不少论文，这注定是一个难得而令人吃惊的成长经历。

林晓明那个时候感兴趣的是古生物，他曾立志要研究生命科学，抑或考古。

我对生物的发展演变做了一些研究，做了很长一段时间，严格意义上讲跟艺术还是有关联。比如对一个化石的图形图案，总要去描述。小时候一直喜欢画画，后来因为家庭原因，觉得画画没有前途，学点技术才行，这是上一代人的看法。其实我还是怀揣一些对艺术虔诚的想法，骨子里喜欢，注定了最后的回归。

画画三十年，"画"和"画出来的画"已成为他骨子里的东西，采访中，周围人反复强调他之前做过大老板，可心里那股子艺术家的气质和想法没变，他在商界上的放弃与艺术上的获得越具有对冲感，我越对他的作品好奇。他的艺术一定是社会环境和自身的综合。比如他面临毕业时，很多机构要跟毕业生签约，但对艺术家来讲，这个就不太可能。

后来我就反思了一些问题，觉得跟我们的阅历和对事物的看法不太一样，隐约带有一种厚度的关系，而不是仅仅图式化的东西，所以相对容易走入市场，被很多人喜欢，因为要很多人找到认知点才可能得到别人的喜欢。

林晓明的作品带着中年人特有的诗意和情调，它触碰了一些这个年龄段男女敏锐的感知力。比如年代感，比如诗歌，比如温暖，比如理想，比如年轻人，比如聚会，比如"文革"，比如开会，比如向阳花，比如口号，比如袖标，比如静默，比如哑口无言……但最终，你在他作品面前看到的，是岁月流过的声音，它投射在看客的眼前，像活生生的一个自己。

可他的画面总是诗意，因为经过了，才会懂曾经。

理性和感性思维方式不同而已，
终究会达到一种统一

最开始大家觉得做艺术应该很纯粹，到后来，我认为艺术还有当代性，卖画恰恰是其中一种当代行为。毕竟时代不一样，所有东西都在彻底地颠覆。我认为接受这种东西也很愉快。一个艺术家必须要有阅历，必须要有好的思维方向，还要有观念上的改变。当代艺术家跟当下的事情要是没有联结，这是闭门造车，不接地气。你的生活和艺术毫无关联，

As if
We never
met

是不成立的。你的关联性是你生活经验中得来的东西，与生活息息相关。艺术还是从土里长出来的，不是胡编乱造的，是本质的东西，是我工作和生活很大的部分，在这样的状态中我很愉快。

我没有打断林晓明这段一气呵成的表述，从美术史的角度讲，任何一个艺术家都有脉络和原点关系、演变过程。比如他觉得绘画的问题有技术问题，也有艺术表达，两者结合才是正路。技术是一个基础，这从他手法高明的创作和画布呈现效果就可见一斑。有了技术才有了表达的可能性。

绘画是一种语言性质的表达，从技术到艺术，这是艺术家必须经历的过程。

林晓明前几十年几乎都在从事理性的科学，后来做着感性的艺术工作，我问他，从他跨界的学历和创作过程来看，他是如何做到科学和艺术、理性和感性的有机融合？

他这样回答：

可能初期会有感性和理性的矛盾，但后来就没有了。我认为科学很多的理解与认识和艺术不矛盾。比如像杜尚、达芬奇，他们更多的是一名科学家。理性和感性思维方式不同而已，终究会达到一种统一。

林晓明的作品，严整地延续了何多苓的一些思维和手法，但在表现上又有了自己的新意——结合一些中国画的元素，但最终画出来的一定是油画而不是中国画。现在也有其他人以这种中西结合的方式来画油画，但最后画成了中国画……而林晓明的作品不同，实际上他用了很抽象的笔触关系。用中国画的表现手法表现了一个很具象的东西，你看起来是具象的，但笔触是抽象的。这是很迷人的一种创作。

我和林晓明在一幅名为《天堂鸟》的画作前停住了——一只鸟奔向玫瑰园，是乌鸦，实际上是画他自己的感受，来自艺术家的孤独感，来自于很多方面的困惑与明白——在看待很多问题时很多人看法不一样，理解不理解都不重要了，但孤独的情绪贯穿始终。

何多苓1988年的经典作品《乌鸦是美丽的》将"乌鸦"这种奇怪的鸟表现得灵魅而迷离，它幻化的诗意和"尚不明确"的状态给人以太多的想象。林晓明说乌鸦是应该进入天堂的，乌鸦是种很通灵的鸟，玫瑰园代表美好，风微微，白玫瑰随风摇曳，亭亭玉立又卓尔不群，它穿越玫瑰园，代表人生经历之美好事物。

创作时实际上有一种情绪（那时我的岳父去世了），我觉得这是对一个人价值观和精神世界的理解方式。我觉得对周围的人和事有不同想法，这种看法，灌注到这件作品中，是周遭和那种不可名状的情绪和我一起创作了这件作品。

《天堂鸟》是林晓明目前最新完成的作品。我建议，这件作品应该直接命名为：乌鸦穿过玫瑰园。

记忆的碎片

慢慢地，我得自己要去整理一些东西，而且画出来。

回过头来说就是，对生活有想法了，经过这些过程后，自己对人生回顾，来讲述一个系统完整的东西，毕竟是我们真实的记忆。从艺术讲要有艺术说服力，有时代的东西，骨子里意识形态的东西，也许对自身是一种关照。我觉得我不画出来人生不完整。我觉得自己已慢慢成熟，就想用这种形式来做。

As if
We never
met

我很吃惊，林晓明自我剖析的坦然：

我觉得艺术家的成长，必须要经过一些不那么严谨的体系，画一些小品或阶段性的实验。不过，也许在两三年后我的个展上大家可以看到和前期完全不一样的作品。我想做一个关于青春题材的东西，暂时取名'记忆的碎片'，根据我们的时代，划分几个不同阶段。从"大跃进"时代开始，人的精神面貌，到"文化大革命"，红色文化的时代……

我们的成长，更多在这时附着，"文化大革命"结束，改革开放，才到我们今天这个时代……分几个段落叙述——我想侧面追问的是：中国发生了什么？作品以人和景的题材为主，现在正在准备，至于表现形式的问题，有可能是绘画，有可能是图片、手稿等等，更加趋于综合的表达方式。

六十年代初到"文革"结束，作为开篇，以记忆方式表现。表现方式一定要好，有一定的高度。这个作品用钢架框起来，用不同大小来分割这些关系。以很复杂的制作技术来表达，也可能有涂鸦，每个时代的元素和符号，类似当时生活用品啊等等，就是当时时代的特定符号，在构成上我会严谨地关注和放置，所有琐碎的东西最后形成时代的特征性的东西，立足于我的生活经验，再慢慢去推敲。

　　我保留了林晓明叙述的自我方式和特点，并深受感染。他的野心是做成自己心目中的史诗，目前计划以五六十张小画最终构成一张大作，用不同的时间划分来区隔并在最后合构为一件心中日月。

As if
We never
met

时间的诗意，曾经的青春

时间自有诗意。

这是一种情怀的综合和与阅历的合谋——人在岁月中嘻嘻哈哈，各有各的活法和心态。林晓明不但经历复杂，也同样经历过情绪复杂的时候。现在他在创作上的表达，自然有着驾轻就熟的表现形式，"最重要的是把自己内心的问题解决好，我们的记忆究竟是什么？"我想问他，作为一个中年人，如何处理作品中那些诗意的度，如何评估那些肉麻岁月与中年情绪的复杂关系。

60后的人站在今天这个角度，不得不说，人'老'了才能回忆过去，今天和过去绝对是不能分割的。

我明白他"记忆的碎片"的工作量，起码要一两百张作品来表现。一个奇妙的想法是，他将会在展览中，将不同时间段的作品以不同的主色调来包裹呈现。

我认为五十年代是灰色的，六十年代是红色的，七十年代对于我来说是紫色的……七十年代是我们这代人成长的过程，充满希望与幻想，总是变化莫测。八十年代我觉得明朗一些了，五彩斑斓的，同时受到外来文化冲击。九十年代是绿色的，春风吹拂。我着重想表现的是六七十年代，我的性格养成和生活方式都是在那个年代形成。

六十年代，也许是中国 100 年来最戏剧化的年代。六十年代的戏剧化、七十年代的冲突感——理想和命运的冲突，和社会的冲突，东西、黑白的冲突，各个方面的交汇……林晓明画的还是六十年代的私人成长史（林晓明一直在思考个展的事，原来想的主题是'伟大的六十年代'，可转念一想，'伟大'不是自封的，还是要透过小切口来表现，

'记忆的碎片'更私人化，更容易找到情绪的共鸣。伟大与否，在于内心找不找得到那个颤动）。

一个工人家庭的孩子，对六十年代更有情怀。

实际上，林晓明现在的作品都在为时代个展做准备，在积累，他这些作品都是在积累素材，为自己的命途写史。五十年代他是想象的，只能通过父母告诉他。但可能林晓明创作的五十年代，最有艺术表现的力量和空间。

中国文化的传承关系，有温暖的东西，六十年代生人经历了太多社会剧烈的变动，回过头看去特别的珍惜，特别珍视平凡的东西。我觉得我们青春年华是无忧无虑的，它单纯、简单、快乐，情感很真挚，很有意思。我学习到何多苓老师的可贵之处，就是他的心态。我在思考，我们现在生活肯定不是问题，回到纯粹艺术道路上，会舍弃很多，我们需要什么？需要的是做回真正的自己。

林晓明给我翻他之前的作品《生生息息》，他把土地画成了肉色，因为肉代表着生命力。"画中人，他们虽然没有更高的追求，但很享受自然而纯粹的生活。这难道不是我们内心的追求？"

　　这就跟乌鸦穿过玫瑰园一样，我们都是乌鸦，都要穿过一片玫瑰园，玫瑰随风摇动，香气四溢，但它不属于我们。玫瑰，每个人都想拥有，但继续走，继续在失去，在我们都没有意识到的、曾经的青春。

　　我问林晓明：回过头看，"青春"两个字对你来说意味什么？

　　秋梦已逝。我期待他的答案。●

生 活 面

眼

不 打

只 求

常 捡 漏

005

荆歌

—

珠光宝气

2016.11.1

最近刚买到之前一直缺货的《董桥七十》，都说这个老爷子的文字有脂粉气，我倒是喜欢。芳芬如书法，有魂儿在文字里飞荡、缠绵，晃晃悠悠地讲他的书柜，玻璃罩子里的古玩，还有园内荔影、杨柳岸情。

近天，洁尘老师和美蕾都约我去一个新书的分享会，孟蔚红姐姐也说要去一个画展，她策展，策得精细，我看是更金贵。"贵气"这个东西不好掌

As if
We never
met

握，稍不注意就俗就孬就痞了。可这样的作品好有卖相。江南都讲"卖相"，"卖相"两个字其实不俗，雅着呢。展览，我提前去看的，不虚幻，有看头。我看的画展太多，这场真有意思。

轻安，"珠光宝气——荆歌新书全国首发分享会暨画作展赏"。

其实事前我真没看过荆歌老师的书。他们都笑我，说那么大个江南才子你都不认识，我黯然想起之前玫瑰歌声里飘起的涟漪，想起苏州苏童的《园艺》《红粉》《妻妾成群》，想起苏州车前子《苏州慢》《好花好天》《云头花朵》，那么娟媚，那么深切，那么难舍。后来了解了，苏州荆歌，《八月之旅》《牙齿的尊严》《爱你有所深》——人生不是八音盒，荆歌怎么唱歌我不知道，但我看他身上戴的，手上挂的，多少有些来路。搜猎老文物也许只是为了给人生配制几段贴心的旋律。可人家照常画画、写作，说画个魂儿，就画个魂儿，评个理总可以吧：苏州作家活得真雅。骨子里的，你说不上人家。

　　拿到他的新书《珠光宝气》，好家伙，成本下得大，气质好，设计挺时髦，几页字一页画，字规矩，画也是他画的。

　　几声仙乐声声先是在书皮儿上就响了：作家荆歌携书、画、珍宝、古玩，借小说之势耀眼归来。写国宝在俗世生活里的传奇、珍宝于红尘男女间的传递。封底也雅：生活面前，不需常捡漏，只求不打眼。荆歌说这是出版社想的辄，说蛮好，意思也够。

　　生活，就是生个火，照个亮，搭张桌子吃个饭，躺下去能睡得着，有个想的人，最好还能有个愿意麻缠的事，要麻要缠就麻缠一辈子，这是福分。

　　跟董桥聊古玩不一样，董桥就事论事，谈这些东西，谈书谈画，谈张大千的段子谈沈尹默的书法，谈自己收藏了多少芳芬雅玩下的旧时光。这部分东西荆歌的书里也有，差异的一部分是如果你不是文学爱好者，不喜欢读小说，也能在这本书里找到自己喜欢的东西。就谈了一些从古到今的文物。我之

As if
We never
met

前就是很纯粹的文学写作，题材也没涉及这一块的东西，我想作为一个单纯的小说读者，或者我以前的读者，他也会愿意读我的书，因为在小说的叙事和对人性的探索方面没有什么变化，但它多了一些刚才说的那些东西。

写这个稿的时候书我看了一半，看到他一边构思周芳方和汪明的男女故事，一边写战国的水晶、判断古物的要素、红山的玉器、老天珠、古琴的记谱方式，"壶与人相看两不厌"……哦哦，还有梅艳芳的"女人如花花似梦"。

人生如梦，镜花水月，依旧当年行乐地，香径杳，绿苔绕。

我特想抄两段给你们看看：

人生一世，谁都难免老，谁都难免一死。单身要死要老，难道有配偶有子孙的人就青春不老万寿无疆了吗？作为一名麻醉师，对付老与死，实在是太容易了。对普通人而言，死可能真是一件非常麻烦的事。往往费了很大的劲，都不能痛快地死掉。

　　而她，虽然她是那么怕死，但是当她要死，或者说必须死的时候，她只要给自己注射一针过量麻醉剂，就万事大吉了。没有任何痛苦，没有任何麻烦。从来处来，往去处去。往事如烟，谁的往事不如烟呢？所不同者，别人的往事，在注射了麻醉剂后，则如青云出岫，是日照香炉生紫烟，是乱云飞渡，是云蒸霞蔚，是多少楼台烟雨中，是子规声里雨如烟。

　　晚霞中的红蜻蜓，你在哪里哟？停歇在那枝头上面，那是哪一天？她在电梯里的镜子里，看到了只穿一件吊带衫的自己，是那么的性感漂亮。那嫩滑的肩，那鼓胀高耸而半露的胸，那细窄而结实的腰。我要是个男人，也会对这样的女人逸涎欲滴，以抚摸她、占有她、与她上床为人生极乐。

　　荆歌，也叫"累翁"，是不是"号"我不知道，为美而累，大多数都是极累的，木心也说，为完美而累，最辛苦。美就多了去了，美女、美食、美物……男人嘛，累得傻累得天真，往往都觉得特别"高级"。

古玩好似檀香刑，慢慢地刺着你，巴到烫，温度或许又够不上"烫"，但它挠人啊，这种低温烫更烦人，年纪越大，这股子挠人劲儿越发肿胀，绵绵，真不是滋味。就像你买个充气娃娃，每天晚上还得起来看她睡得好不好。

至于写古玩，还用古玩写小说，我不敢，说大话必定要遭谴的，小说不敢说大，但比大还大多了，那叫"海"。●

As if
We never
met

少年　一　闺　　荒草　　　　　诗

006

李忠

—

我在阳光灿烂的地方

2016.11.25

"我在阳光灿烂的地方"。这是李忠人生首次
个展的名字。别人听着欢喜、娟媚，我听着却忧伤，
浓。到他位于青艺村的工作室，我相信那里一定和
他云南玉溪的老家一样，阳光很美。十年前我写过
一则关于《我的父亲母亲》的影评，发表在《看电
影》杂志上。里面一句我借来用：那里太适合姑娘
的奔跑，每停留一秒，都冒着生命危险。

一阕荒草诗

少年冷热，一阕荒草诗。我从未见过哪位青年画家对荒草如此入迷，它带着凄惶的倦意和真纯。风带着愁容，纠结从草里长出来，割了又长。

黄昏注定比清晨高贵。我选一个将近黄昏的下午，去看他的少年荒草。原作如我想的刺激，但那平缓日常中透出的历险与跌宕，竟蕴含着罕见的高贵色泽，倒不是说他用了大量的金色，而是听了他的故事，平静中张开了惊奇与决心的大嘴。

"我是云南玉溪的，云南的阳光很美。上大学在红河，产烟的地方，紫外线很强。上大学时才开始迷恋上风景。那边有中国第一个铁路站台——碧色寨火车站。"他的叙述和他的名字一样，忠，又厚又慢，我尽量保留他叙述的真挚口调。采访他之前我甚至问了好几个同行，甚至包括他的密友，他们的回答差不多：他画心里的风景。

风景

　　迷上风景的少年，从小在农村割牛草猪草。和草打交道成为他童年的朴素抒情。"家里养鸭子的时候就要去河里弄芦苇，去玩。我的画面里就有像芦苇一样的毛茸茸的草。到成都之后，我看到杂草荒草就很亲切，一股情感就和那个时间对接了。可能之前我没有发觉这是自己纠结的情感。来成都之前，我在云南那边考了一个教师的岗位，很纠结到底来不来成都。来了之后就觉得没有自己之前想象的那么美好，其实中间还是有些心理的变化……于是就迷恋上了杂草，自己也不知道画杂草是情感的一种释放，就是很迷恋这个东西。平时我也会出去拍杂草的一些局部，作为素材。这些出来以后就和照片不一样了，加了自己纠结的感情。"

　　我倒是很迷恋他淡淡叙说这种迷恋的方式。永远没有狂热，可少年的温暖没有来由，它天生就在荒草里得到了阳光的照料。当代艺术家杰夫·昆斯

As if
We never
met

今年6月到成都，在东湖的红美术馆看到他的作品，说了一句话："纠结的线条，交织的情感，饱含情绪并赋有历史感。"

收割

看李忠的作品总让人想起那部《阳光灿烂的日子》，但他却像个闷厚版的夏雨。那些草交织在一起，裹挟着这个少年的心。"我画这些纠结草，会把自己的情绪调得很饱满，比如听一些很嗨的音乐，蝎子乐队什么的，把自己的情感调动起来，画的时候并没有想很多，很认真，很积极，很有情绪，把这三个东西结合在一起。"我看到一件作品，他铺了一层紫色的天空。他像个孩子一样做了一个紫色底，然后再在上面画一层金色的丙烯，半干状况下，就用刮刀或者笔在上面勾线，除了想法，他想借用笔触或刮刀的随机性参与他的创作。"我就想把紫色的底露出来，露出金色来，但是它又在金色的下面。"

天空的紫色被他保留了。

最开始，李忠也是用土黄、棕黄这一类颜色来表现金灿灿的阳光，云南的阳光。后来他发现这金属的颜色，在光线下更有闪耀的光芒，更能体现他想要的那种光感，更像云南的阳光——金色有一种奇妙的时尚感，这和中国传统思想里的"矜贵"对接。金色又踏踏实实地和杂草这些乡土隐喻发生冲突。有冲突就戏剧，深远，迷人。

不管是荒草、野花，都有其闪耀之处，有自己的生命。

荒草的力量一剑封喉，收割了李忠阳光般的少年诗意。

As if
We never
met

念家

　　我关心他的乡愁和念家。"很纠结，很想和父母见面，比如一周见一次或者一个月见一次，但达不到这个条件，很复杂很纠结。我母亲现在在昆明给姐姐带小孩，父亲一个人在老家，很寂寞，他又不适应出来的生活。我父亲是地地道道的农民。"

　　土地里长出的草，又一次阻隔了李忠的念家之路。可以想见，如土地一般沉默的父亲看到李忠的作品，有着怎样的无言。他第一次卖作品时，告诉父亲，卖了两万多块钱的画，父亲回，不要吹牛，你在城里活得好就是好，不好就是不好，"他不相信，几张作品怎么能卖两万多块钱，他在家里辛苦种烟种粮食，一年才收入几千块，凭什么卖几张画就卖两万多，他理解不了"。当时的李忠很落魄，姐还要给他生活费，卖了以后就想给家里报个喜。

生活也一如荒草。无论它如何金色或者灰暗。李忠不擅言辞，很沉默，很隐忍。

平房

荒草是沉闷的主题，多次出现在李忠的梦里。他一直想表现其中朴实笨拙的一面。"要回到那个朴实的状态。很真诚。真诚很重要。"

于是，他的荒草已然看不出出处，他表达的只是云南人的情感，云南人看成都的情感——是的，成都，红河，玉溪，哪里的荒草不是荒草呢？

如何融入成都，这是很多在成都创作生活的青年画家都要面临的问题。在青艺村的工作室，他感受到了家乡的气息，但到了市内，异乡人的陌生感则令他不适。之前他在城东北租过一间工作室，到了高楼里，他就没办法创作。半年时间，他就没画出一张像样的作品。逃离那个高度，回到平房，他焕然新生。

朋友

"我小时候是喜欢过画画的，但是不知道画画还可以考大学。"中间的过程十足艰难。我没想到他曾有段时间不想画那些草。他没有预设，没有期许。他画的都是躲在荒草后面，或蹲在荒草里看外面的世界、天空。他有自己的陌生感，孤寂感，他的画，草长莺飞，远远高过天空，他总是闪躲在荒草的低处仰望，他觉得安全。

他画的树林，带着窥视万物的激情。

荒草是他茁壮又伟岸的朋友。

他的童年是肯定没被割破的。如果跟城里人比，他少了太多，但跟城里人聊天聊到童年时，他的快乐就大起来。父母对他的"野生放养状态"并不担心，杂草有自我的成长方式。他到现在都特别感谢这份经历。少年没有深色的底片，忧伤也只是无忧无虑的装点。

单车

我最感兴趣的是他少年的单车时光。羡慕极了。和我想象的一样：

大学时，周六周日，在学校里租一辆电动车，就夹着画板，带着女朋友去野外，往返二十公里，到那边吃个米线吃个烧烤然后开始画画，甚至还喝点白酒，当时一出去就是一整天，女朋友就在身边，画好了就去玩，那种感觉真的很美好。

红河学院在蒙自，那是过桥米线的发源地，万

As if
We never
met

亩石榴园中间，风景好到你都不相信那是真的。每天中午下课，约了朋友租一辆电动车就骑到城里，吃一碗过桥米线，10块钱，很奢侈，一点点白酒，倒在米线里，去掉羊肉膻味。那是一种永远都忘不了的味道。

可膻味如今也找不到了。●

少　　年　茶　　之　梦

007

小昭茶舍

———   、

饮一碗人情

人走茶不凉

2017.3.7

写文卖字很多年，总算是为了喝茶专门写一篇。历来我是不懂茶的，只觉得高深莫测，日本茶人冈仓天心 1906 年以英文写出《茶之书》，向西方介绍东方的茶道文化。茶和茶道两回事，这点我清楚，《茶之书》轻巧纤薄不盈一握，分量却如泰山磐石。我买过三五个版本，却终难完全参透。简单来说，茶叶不是中国文化之遗产吗？为什么要翻一个日本人用英文写的百年书？

我与一些台湾知名茶人聊过，他们的回答让我明晰，中文世界里，没有出现这样的一本书。中国虽有连篇累牍的茶经茶典、茶谱茶话茶录，却没有一本像《茶之书》这样，能以精简如诗的文字，深入浅出，宏观远照，除了勾勒茶史梗概，溯探茶道的核心精神，阐发个中的美学意境之外，还能评比欧亚，论衡东西，具有强烈的文化观点。

　　茶不好喝，意思是不懂茶，喝茶还不如喝水。

小昭茶社

　　近日浓园的朋友约着去双流的一个新茶室喝茶。真就是喝茶，这里还未正式开张，唤作"小昭茶舍"，地点好记，双流白河路二段123号，小小的，不惹春风不沾旧恨。去时门口的小院还在做绿植，想来到时也是一番沉穆的绿意。主人任性，装修搞了14个月仍未情冷，反复磋磨，好似心刀一把，一刀刀锉出苍苍旧日的心事。男主人小昭洛阳人，之前做了4年白酒销售，自觉世道声色之间"天天都在说假话"，一个深夜打电话给老婆说，"我想辞职"。后者明白，"你不想干了就回来"。

放下酒杯，小昭上了茶山。之前确实没有想过做茶，和骑着摩托车去茶山一样，都是摸索前进。苦吃了不少，他老婆说小昭往往拿个袋子装上冷饭，舀几勺泡菜，就奔茶去了。

每年最开心的就是上云南倚邦寻春茶。攸乐、革登、倚邦、莽枝、蛮砖、慢撒是西双版纳六大古茶山。放松，放下，一碗茶情，我倒是读出小昭那份自得其乐。他说有一次上山，一条五六百米小街的茶家，他都去吃过饭，挨家尝茶，茶人热情而有制，买不买茶，这饭照样吃得春风荡漾。走到茶山休息时，一位当地老者，弹拨当地乐器，唱和当地歌谣，只一句，小昭便已泪流满面。

对晚近的中国人来说，喝茶不过是喝个味道，与任何特定的人生理念并无关连。我们长久以来的苦难，已经夺走了他们探索生命意义的热情。

——《茶之书》

　　面向茶山，寻茶绝不是寻路那般简单自由，求一份茶缘，好似把世俗形下的饮馔之事，提升到空灵美妙的哲学高度，甚至是安身立命的终极信仰。我们喝茶，也是试图在庸碌琐碎的日常生活里，淬炼出一份真——茶道是一种对"残缺"的崇拜，是在我们都明白不可能完美的生命中，为了成就某种可能的完美，所进行的温柔试探。

好曼松 真缘分

于是我看到小昭总会花很大力气收集旧物，以茶器居多。他拿出两个茶碗，老物件，江西出产，包浆明显，带着浅浅玉兰的色泽光晕，他在彭州淘到的。一个多抽柜上摆着他常看的书，还有一本故宫日历，玳瑁眼镜，瓶里简单插花，照应这个下午的时光。难得见到这么多有意思的旧物融于一室，我想起之前一位诗人的句子：就像一直在缰绳打滑的梦想／总是拴不住／我的云，我的花，我的树。

我看上那个白皮的瓷老罐，旁边配老橡子上卸下的一头木狮，像一抹老时光风华巷口的口红。我们几人围坐一炉，几种茶慢慢饮下，他说自己迷"曼松"茶。勐腊象明彝族乡他去了多次，山路烂，心路却欢畅。想遇好曼松要讲真缘分，不是带够钱心够诚就可以。那曼松细腻，质厚味美，当年作为"贡茶"自有一番道理。我后来查资料，说明清时期，倚邦古茶山以生产圆茶（七子饼）著名，年产茶万担以上，茶庄林立，商贾云集，极为热闹。最早的茶号为宋云号和元昌号，创立于光绪年（1875-1908），制作的茶叶专销四川。

倚邦在小昭心里无疑是片温柔的茶产区。跟红酒产区一样，产区意味着特点和那股俏皮又沉郁的习惯。上山寻曼松，不遇到心里之最想，不能将就，加上又要讲究"头春头采"，这极品曼松，犹如歌里唱的耶利亚女郎，品一口已经年轻不少。

不要辜负了茶

何为茶人？唯有以美而生之人，能以美而死。真正的茶人，如同他们此生其他的时刻，清贵，追寻，安静，耐得住世道艰深，并在反思中与茶道交流呼应。花草需要珍惜礼敬，而茶人不只在生活中贯彻茶道之唯美，更不惜亲身实践。

小昭喜欢说，他的目标就是"把茶泡好"。寻的茶树，十年之内打过除草剂的都不要，要不然，"钱是我的钱，茶是你的茶"：树下不长草，心头乱发枝。欲遇好茶而不得，这种遗憾也是"茶道"之本真，近于一种苦修追索的执拗。我心想，这苦修也是人生况味，在日常用语中，若是有人不能欣赏人生大戏苦乐参半，亦庄亦谐的个人趣味，会被说成是"肚中没有茶水"。相反地，对世间疾苦视若无睹，只知耽溺于波涛汹涌的情绪，而我行我素的人，则会被冠上"茶水太多"的说法。

茶就像庭院、插花、陶器等事物，都是通往"道"的工具，到岸舍筏，最终要完成的是生命境界。说得再虚空，还是要回到饮茶——"我每天喝的茶永远比客人加起来都多，自己和他们一起，完成一种具有延续性的茶仪。"小昭鼓励茶客自己泡茶，体会茶的一"碗"人情——人生再大的喜乐，毕竟只有那么小小一"碗"，很快就会满溢出泪水，对内心欲望的无尽渴求，又那么使我们不意将其喝干饮尽。

茶仪，小昭的茶仪是"有人似无人，无人似有人"。茶室有人时，内心要安静如无人一般，与茶为侣，修一份清闲自然。"闲"字之意，就是门内一棵树，这树多闲，人哪能着急忙慌啊；茶室内无人时，喝茶也要像有客一般，不能疏忽那茶仪人道，用心泡茶，用心品茶，"不要辜负了茶"。

茶道就是人道

茶道就是人道。小昭茶舍改造自一座二十多年的老厂房。小昭喜欢这两层小楼，与老板商量了好久，这地方风水好，老板靠着这地基发家，喝了几年茶，对方明了小昭的为人心意，终于答应，只租不卖。

小昭和老婆自己设计，主打白、灰、原木色，边装边改，不计成本，那是一段"和呼吸绑在一起"的装修日子。

茶室里那白色纱幔营造出的一阕时光想必是众人欲求的。进门三帏依次排开的空间分别寓意茶物、茶人、茶事，新茶老茶、茶器放在最左，正中央是半围住的茶间，人与人以茶为介，或隐或显，全在自得。最右是说事地，不仅说茶事，还说与茶听。

与人饮茶，就是揣摩心事，交与真心的方式。喝茶，心里要有对方，茶的品种是否合对方心意，水温是否得体，己所不欲勿施于人，这也是茶道。

茶人说茶事，要讲究，一生几多苦甘，都在这茶温茶香里，分寸、温度、满亏，都要三思。喝酒乃放，饮茶则收，要让未尽之言，让茶来说。徐小凤一首老歌"明亮背影有黑暗，月缺一样星星衬"本就自带茶道三味，跟查尔斯·兰姆"就我所知，不欲人知之善，却不经意为人所知，乃是最大的喜悦"一个道理。

这文收尾之时，小昭来电话，说又要在清明节前奔赴茶山，我望他一路小心，真希望他这次能遇到那婀娜又轻愁的曼松姑娘，不再唱徐小凤。

这颓废世代，饮一碗茶，人走茶不凉。

歇口气，写字，喝茶，生活不过"一片斜阳波影碎，小船收网晒鱼鹰"。●

好　日　风　朝　丑

008

诗婢家

—

你如何能得见

如此年轻的张大千

2016.11.19

诗婢家拍卖成立距今已十度春秋，寒来暑往，已组织呈现数十场大小型拍卖会。在这期间，搜罗了大量川籍艺术家散落在海外的佳作，为多位巴蜀已故艺术家的创作面貌增其声色。书画经营关乎品味，故难以预先探明。征集中，每到山穷水尽处，又乍见良田美池。十年如烟，荣耀既始，愿后积之中，又有一番新象。

As if
We never
met

成都人自己的拍卖

　　锦灰不成堆，今朝风日好。难得一见张大千年轻气盛的作品，创作时间应在1925—1927年。这次诗婢家拍卖十周年秋拍征得一件《人物》，规整，笔笔分寸，寥寥线索多么得当，树、人，石，各有前缘，大概年轻时都想尽快成熟，大千当时画意偏向苍古，布局也比其他类型的作品更显翠柏之气，清清楚楚的安排，恰到好处。当然，作为一种设计感，我迷画中人物的淡然，他面庞的朝向，对准生命的远处，正好适合那个年代。一位敏锐而熟练的画家才能够利用这些四散又精道的线条，触发疏离、寂寞、闲适等感情。

　　今年无疑是张大千的"大年"，年中成都博物馆新馆开馆特展"倥偬的乡愁·张大千"，策展人孙凯为张大千大弟子孙云生之子，曾与大千共同生活八年。带来的上百件作品和收藏、书信大部分之前均未曝光，我与孙凯两次长聊，了解到相关众多秘闻。

接着，大千先生的女儿张心瑞先生以年届89岁的高龄从美国赶回成都参加《张大千精品集贰》的首发式，我与先生在四川博物院有过一次见面，接着她又赶赴青城山和双流等地出席几个关于张大千、大风堂的活动，马不停蹄。11月12日晚，中国嘉德2016年秋拍"大观——中国书画珍品之夜·近现代"，张大千《巨然晴峰图》拍出全场最高价1.035亿元，燃爆全场。业界更有"张大千救场"一说。

不知为何，看到这件张大千，总想起董桥在《七十长笺》中写到的：

十七岁从南洋搭船回台湾求学前夜，我的老师亦梅先生给了我一束诗稿留念，说是此去关河万里，云山缥缈，客地灯寒梦远，不妨翻翻这些韵文重温跟随先生读书的青涩岁月，兴许换来一份宽慰……

*As if
We never
met*

笺纸泛黄，墨色苍茫，印章红里带青，连收藏诗稿的旧锦盒的锦上云纹都褪了色。董桥爱极了张大千身上的漂泊情调——看见船就流泪，看见树就望乡。也不知为何，一展开这件即将上拍的张大千《人物》，我总想起年轻的张大千即将流浪的模样，年轻的大千倚靠乡树，相寻碧海，十洲踌躇，梦逐关河几十年，可他最终还是没能再回故乡。

这件黄君璧《风帆出峡》有意思极了。黄君璧四十年代在重庆待了很长时间，他在成都的首次画展更是诗婢家创始人的儿子郑伯英给他办的，当时在文化界非常活跃。

记得一位书画界前辈给我讲过黄君璧父亲仰荀家藏甚丰，属于名门望族中的极品一流，风华绝伦的家世配上相貌堂堂的文化流脉，又经历了现代中国画的继承、演变、革新的过程。宋美龄当时就拜其为师，宋的花鸟画从黄君璧画格里吸收了很多养分。

本次拍卖之所以选择黄君璧先生这幅水墨《风帆出峡》作为封底拍品是因为要追溯一段缘分——抗战其间黄君璧曾流寓成都，据《黄君璧年表》记载，1937年，黄先生到成都来举办过画展两次，那年他四十岁。这轶事里面讲，成都虽然是一消费城市，但是，一下子来了这么多的文化人，找饭吃就成了当务之急。黄君璧先生也不例外，他手持画作来到诗婢家求售。　这时的诗婢家已经经营得风车斗转。某日，诗婢家创始人郑伯英正在铺子上，看见一落魄的中年人手持画卷向伙计说什么。凭着职业的敏感，郑先生就请这中年人打开画卷一看，画得真好。一问，原来是他本人画的；再一问姓名，黄君璧。

　　那时的黄先生，也还是有点名气，但是，在当时的成都肯定就没有自己的圈圈。郑先生与黄先生交谈下来，立马做了一个决定：给黄君璧办一个画展。于是，从旅馆把黄君璧接到他家，安心作画。在商言商，按照规矩，与黄先生签订了展览合同。

于是，郑伯英就开始了"黄君璧山水画展"的筹备工作。首先，在业内宣传这位黄先生的画作；然后，联系诸方买家；最后，还恭请成都文化名流、篆刻家曾默躬先生作后援，出资在成都报纸大力宣传。

这次画展，做了两件成都画界没有过的事情。一是，举办个人画展；二是，直接在画作下方根据尺寸标签价码。画展结束后，各大报纸纷纷以此为报题——黄君璧个人山水画展，明码实价锦城开先河。画展当日，盛况空前。军政要员如刘成勋、邓锡侯、王陵基等前来站场；五老七贤之大诗人赵熙、曾给孙中山做过秘书的书法家谢无量、齐白石的篆刻学生余兴公、当时以仕女擅长的张大千、画虎高手张善孖等等都到现场捧场，周边爱好此道的文人雅士都来观摩，一时名流云集，人山人海。黄君璧的画作一扫而空，全部售完，取得了辉煌的成绩。

明年是岑学恭百年诞辰，岑学恭这次上拍一件《山水》颇为惹眼。今年3月，在成都引发圈内热议的"冯建吴·岑学恭·刘朴·叶瑞琨"作品大展，我与岑学恭先生的公子岑小麟有质量颇高的深聊。岑先生喜带学生外出写生，在现场画给大家看，教大家如何取舍风景，细致入微。这次诗婢家拍卖十周年秋拍，特别选取这件别致的岑学恭山水，市面上的岑老作品面貌大多统一静致，但像这般残梦水声、幻生枯零的作品少见。

作品出自岑学恭的 1947 年，功底纯属。作为为科班规整的出身，作为三峡画派创始人，艺术史上，没有偶然，他是规范中正的代言。

可以见出，他后来的作品确有米芾范致。任何一位大家，都不是铺天盖地心急火燎冲出来就开宗立派，都是一个积累过程。岑学恭生活的时代，有一个相当于美术史的衰退期，因为政治属性和不便明说的原因，导致一些发展困境。后来恢复笔墨，岑老作品的呈现，开始在构图整齐的沉稳中写生望游，笔墨现代多了，但古典逸兴之气味，贴切内心之优美，没变——他的求变在后来的 80 年代演变

As if
We never
met

为思想奔放的磅礴与激昂，画出来的就是不一样。

"古舟老去，波影苍茫，画里残梦真的都在山水声响中。"这幅山水可看出其早期学古临古的关系。

烟云过眼，难得的是，只有这些水墨能通过数十年的岁月沉浮，历经画家、藏家、爱家的万难辗转和保存，送到我们面前。纵观艺术史，留在它里面的名字大多不是当时最红、卖得最贵的，而是稍稍被时代错位隔离的，对于其中的众多名家来说，他们的寂寞，清贵，深切，难舍。岑学恭的作品，也必将造就流芳百世的艺术。

此次诗婢家秋拍上拍三件一套彭先诚，这也代表了一个时期巴蜀笔墨的超高水平。

保守之说，近年来对陈子庄的关注和市场反响完全是现象级的。之前吾兄、作家蒋蓝刚巧在成都画院开讲陈子庄，我对他高论"中国的梵高——陈子庄的成都断代史"一章，印象深刻。2014年春天的一个下午，与陈子庄公子陈寿民畅聊，当时是为百年陈子庄作品展约的一次长访，谈及许多石壶先生的过往，谈他习武、吃饭睡觉、画画习惯和特别的生活方式。这位素心天才画面中透露出的橄榄香气，成为与中国传统风情迥异的奇幻风景，我想起石涛一句"荷叶五寸荷花娇，贴波不碍画船摇；相到薰风四五月，也能遮却美人腰！"

作品来自一位老画家的旧藏，是陈子庄的学生，手上有一批陈子庄作品，后来去世了。据说他的学生不像子庄先生，娴静标致，儒雅得很。

看这次上拍的两件戴老2005年的作品，亲切。这两张有个特点，观音像。中国字写出清贵气最难得，高洁更是奢侈。按照传统审美，这观音不算"美"，但这个时期他是在求一种变化。作为一件重要文献，这样的尺幅刚好。又想起有人曾想用溥心畬花卉小手卷给著名的小品藏家董桥交换一件溥先生工笔上彩观音，他哪里肯，不肯，也不敢：观

音像并不难求，难得的是晨昏一炷香的心安。年龄大了，心安最重要。●

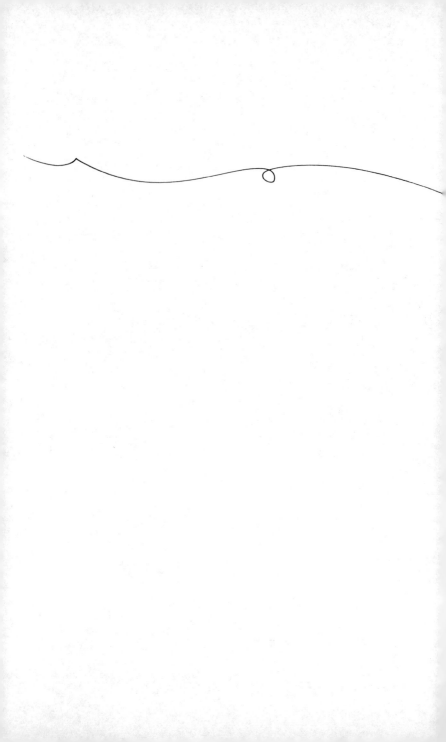

所谓伊人　　在水一方

009

曹卫国

—

依旧是迷人

难以捉摸

2016.11.17

一个地方的风景，在于它的伤感。

去年秋天，我在曹卫国 2015 油画新作展《恋人诉说》的深度报道一开头，写下：曹卫国作的鹤，之拟人气质和孤独情调如同在黑暗里大雪纷飞的絮语。如今看来，这孤独和纷飞愈发浓烈。

还是那间不大的工作室，他成群的孤独恋人无声地倚在墙边，等待装框运走。

As if
We never
met

桃花

墙上挂了几幅最新的桃花、桃树作品，花开得更艳更盛，桃枝也愈发妖娆魅惑。但细看，总觉得有种默默、沉寂的味道。

它们真实得像假的一样，如同凝固起来的某种水晶体的记忆。后来才知道，那件涂上明黄甚至深紫的桃树注定是他这个系列的转折之作。这种去除了生物性的桃枝、桃花，更灌注了曹卫国个人的性情和创作阶段不可名状的态度——他注定会用更不可思议的颜色去描绘那些孤独的桃花意象。

我很喜欢这些画，鹤与桃花，这两个是中国传统绘画最常见的题材，别开生面，非常有新意……不管是鹤还是桃花，就是把他最吸引我们的那一部份突显出来，所以我觉得他的画面主体就非常突出，非常有冲击力。

——阿来（当代著名作家，中国作家协会副主

席，四川省作家协会主席）

　　我恍然明白策展人罗兰艺术 CEO 罗文涛为展览定调"所谓伊人"的意图：隔着山的距离是思念，隔着水的距离是忧伤。艺术是从来也不着急的，它着急的本身是隔水眺望，树啊，风啊，水啊，花啊，都在忍受这巨大的忧欢创痛，这孤独颜色带着高贵的流逝感，它是未央歌，是绝色令，是葬花吟。

鹤

　　这是件令人心悸的作品，照应着他这一年的重要人生转折。对于曹卫国来说，2016 过得并不轻松，朋友的背离、家事的牵扯低郁、个人情绪的变化多端，他和手里流淌出来的气息更加孤独和内收。一件巨大的鹤，造型上和去年的类似作品虽无区别，

As if
We never
met

但明显它的眼神更加低回，完全和羞赧无关，这是种无言的流逝性的威严，遗憾和那丝丝揪心感弥散在画面上——那种静，好像全是为了他似的。

看青年艺术家曹卫国的作品，会产生一种对现实的疏离感，画面的静穆、唯美、真实性，反而使人远离现实和红尘，他的一尘不染，甚至有些孤傲的执着和坚持，正是他独特的个性和选择。这些画面的抒情性，是一个孤独者的三月漫步和恋人诉说。

——雁西（著名策展人，诗人，评论家，现代青年杂志社社长、总编辑）

丹顶鹤作曹卫国呈现的一个视角符号，使人印象深刻。他在给恋人诉说当面不能诉说的心情，本来只能用情感碎片拼贴，有了丹顶鹤这个具体的物象，就有了沟通的媒介。他要歌唱或想要的或许是一份至真至纯至美又飘然出尘的绝世之恋呵，当然也是很多人的梦。

阿麦特·拉辛说，一个地方的风景，在于它的伤感。纪德、芮尔瓦、戈蒂叶、福楼拜，他们喜欢伊斯坦堡的恋人絮语，我倒是觉得，曹卫国这次送上的孤独之鹤，更适合做孤独又沉默的苦楚情侣。

坦率地说，曹卫国这次送展的作品要更深入，技法、画面成熟度，整体上都进步不小，技艺的纯熟是一方面，另一方面，他还把之前自我觉得不够到位的缺失进行了弥补，比如原发基点，比如桃花花瓣完整性和色彩度，比如局部肌理的处理。

实际上他对每件作品的修改次数多到令人发指，每次与画面的搏斗告一段落，实际上是对自我要求的一种放弃。他甚至在某些作品展览完毕送回工作室后还在不停修改，追求一种极致的情绪叠加。所以看他的作品，能够在其中看到多种情绪浑然一体。为了这年末的大展，他放弃了众多联展和市场零星销售。

一个值得特别强调的点是：他自我对画面的把控度到了一定阶段，往往会对色彩的放开更得心应手。我理解，它作品中呈现出的更加奔放的色彩和更坦然的花瓣开合度，是一种更为自信更为沉稳的表达。

于是就有了一种奇怪的画面效果：桃花越艳丽，如同那毒蛇的信子，你感受到的愈发是一种忧郁和内在孤独。

鹤也是如此，他开始在每件创作前都花大心思创作手稿，这次一并送展的数件手稿也是精彩，它们不断招惹观众内心那股对初恋的怀旧情绪：青春就是伤口，我们都曾为之流血。

任何花，含苞欲放时皆具庄严相，而在盛开之时，实际就是它们盛极而凋的凄美开始……曹卫国这一年的心态和手感发生了一些变化，对作品的品味更倾向耐看和整体性。

我有些作品的整体感、成熟度、叠加的厚薄处理，都做了细微改变。桃花开得花瓣更大，重点是花瓣塑造跟描绘桃树一样，加深了绘画的拟人性深度，这是一种危险但刺激的尝试。

曹卫国这种尝试标志着桃花这个题材的成熟。

作为一个马不停蹄的青年艺术家，曹卫国今年到现在就这个展览，更耐看，更具品相，更具细节推敲性，这种渐渐深入的画面感，加深了表达的宽度和深度，让观众产生了一种无法言说的共鸣。

我很惊讶，年龄不大的曹卫国，内心经历的丰富、敏感，令他在捕捉并描绘鹤这种小心翼翼的动物时，显得十分贴切。作为对他来说一个极重要的年份，今年堪称"人生分水岭"。

我现在夜深人静时再看我的作品，自己都有很多共鸣，很多东西是潜移默化的。今年的展览既送给自己，也送给朋友，我非常感谢帮助过我的朋友，今年发生很多事，一路走来，这个展览算作今年的总结。从今年到明年的跨度可能又不一样，这次展览对我来说非常重要，不管是我的人生还是作品还

As if
We never
met

是展览，都有不一样的特点。画家只想把心里想表达的东西通过画表达出来。其他我不太考虑。

艳丽又沉稳，曹卫国这次的作品越艳丽反而更显忧郁。这种对冲令人着迷。我得以在数次深度采访中，了解到他于艺术圈的孤独，和任何刚到一个圈子扎根的人一样，每个人都有缺点，那个时候还不理解事缓则圆的道理，也经不起世故的磋磨。

这个圈子里面，很多人会排斥你，你融不进去，和那些曾经籍籍无名却又豪情万丈的年轻人一样，经济崩溃，家人难解，每天都在担心房租，下个月又在哪里吃饭，你害怕回家，困难各种各样……而且你的年龄还在增加，那么多事，头疼不已。

曹卫国当然经历过那个时期，他记住了那些伤心的片段和情愫，换之以孤独的创作进行疗愈。
悲喜，都含有一点传奇性。我不想再絮叨曹卫国旧有的经历、曾经一年几展的叫好叫座、柔情附于侠骨的作品风味——善而俗，其善出于其俗，不足多慕，俗，在这里是渗透力，我曾在多个展览场合听到不认识他的人说他的作品总透着一股说不清道不明的清丽和神秘色彩，淡淡的神秘性裹挟着一种倔强与绮梦的话题。

换句话说，我们永远不会在他的作品中看到呼天抢地的快乐，但总能被那摄魄的高贵忧伤，触及隐秘的生命角落。●

水 中 之 月 翻 卡 集 亻 又 随

去

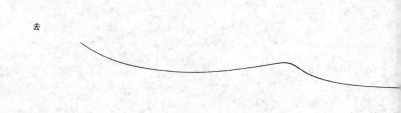

010

王承云

—

墨色无间

2016.9.26

作为上世纪八十年代生人，我着重迷恋那个年代，它属于"情结""思想解放""窃火""反叛""浪漫""理想主义""天真""集体""膨胀""权力""知青""迟到的青春""迷信与破解""改革"与"新启蒙"的时代。

　　它克制、忧郁、低着头还不停窥探。

　　很难界定这次访谈对象王承云的年代感，五十年代末端生人，长大在六七十年代，中国社会巨大变革的时代他在德国生活，回国时又遇到更大的变革。他对中国社会的重新关注带着肯定的试探和东西方文化充分交融后的寻找意识，坚决回避晦涩，更难以忍受无病呻吟，说句最通俗的话：就是最怕使挺大的劲放了一个小屁。

王承云在经历一系列的转向、内省、试探和冲撞后，他开始瞄准中国新的一个不安的阶层：中产阶级。如同一个猎场，守捕那些适合表达的切片和局部。一个人成长期的经历和教育不会轻易随着时代变换或随风飘散的，它已经在你血液里了。

我所注意到的是，他回国后那么多年才开始着手准备自己在家乡成都举办的首个正式个展，他联同一个好朋友、作为科学家的汪劲松一起办展，有趣极了。

王承云不喜欢用高腔来演绎历史，觉得过火，所以他当初回国，饥渴地看着当下的中国，他请模特关在私密空间里祖露身体，然后创作，我们很容易进入他那个时期的"剧情"，因为太过真实。访谈里我一直在走神，可能是晚餐时那几杯清酒的关系——我很关注他那本大画册里到底隐藏了什么秘密：恋恋风尘，少年往事，女儿和他的悲情城市……那种哀而不伤的沉痛和惋惜，看起来更有切肤之感。

As if
We never
met

谎言

王承云的一篇文章取名《谎言》，可怎么读都觉得真实得可怕。时代让他从一草根变成艺术家，从孩子变成老炮儿，从部队拖到美院，再从德国挟回成都。

王承云作为成都人，好几十岁了，回成都也十来年，这个月 28 号，他才算是正式在成都举办自己的个展：电子科技大学实验艺术馆首展——"墨色无间"汪劲松·王承云艺术合作计划展。

两个各有故事、个性鲜明、身份特殊的艺术家，带来了 60 件作品，共庆电子科大 60 周年校庆。作为一个科学家，汪劲松的传奇故事完全可单列一章大肆写作。唯一的共性，似乎只是身份意识的趋同，两人都作为电子科大的教授。每人 15 件作品，再花两个夏天创作了 30 件作品，作品带着高于普通认知的观看效果与内在联系，时间的流淌，存在的真实，虚幻的场景或空间，甚至有一些感觉来自"天国"的召唤……

王承云送展的作品来自城市系列和家庭系列。家庭系列是他新推出甚至是后半生不懈努力完成的重点项目。他并非要对某个家庭画像，而是根据当代艺术的眼光来看待当今社会的状况、变化，而选择的题材。他看到自古以来中国"家族"概念的消亡，从文化血缘、经济能力甚至是生活场景、存在方式等角度关注"家族"在文化概念上的泯灭。他计划为 100 个目标家庭创作 100 件（组）作品，按照他自己的方式贯穿始终的进行，这些家庭目标清晰：中产阶级。这个也是他自己的家庭身处的阶层序列。他周围的艺术家、金融界教育界人士、圈内朋友等等逐步进入这个创作范围。

As if
We never
met

家庭系列

中产阶级似乎在当下的中国贡献巨大却处于最不稳定之状态。十年之后他们的变数都难以捉摸。王承云的目的，是拿这些家庭以艺术的方式呈现，进入艺术史，通过艺术史来确立他们的历史地位。

我看到了当下的问题，以我的艺术方式，来弥补历史的空缺。

按照王承云的逻辑思路，张晓刚的《大家庭》系列是一种回忆，是那个时代给艺术家心上留下的总结性的东西，"而我的家庭系列是当下社会家庭的一种切片关注。他用的是黑白，黑白就是记忆，画得准确，动人，我用的是颜色，颜色才是今天"。

很显然，选择艺术家罗发辉的家庭作为王承云家庭系列创作的起始，目标相当准确：成都家庭，与王承云有相当靠近的朋友关系，便于观察得客观仔细，这观察冷静平视。场景上，发哥去某处接手了一块茶地，成为王承云落笔的主题。老板把茶地给了一个艺术家，形成了一种中国式的关系，这个时代的艺术家从茶人的身份上显示了这个社会对艺术家的一种心态。于是，场景特定化了，其文化意义、历史意义，全都定格在作品中，《发哥的一亩三分地》这件作品的诞生，也开启了整个家庭系列的帷幕。王承云将中国中产阶级不同身份的现状进行组合和系列化观照，实际上可以从某个角度概括这个时代的特色。

实际上，当后来五个家庭作品、十个家庭作品出炉后，王承云可以为作品配套文字资料、画中家庭人物喜爱的物品，共同组成一堵完整的作品墙，一个家庭一面墙，窥探中国家庭的"面貌"。王承云要做的，实际上是代表观众做中国中产阶级的切片式阅读。进一步说，他是想画中国中产阶级的集体像。

我非常关心的是，进入王承云视野的中产阶级，

As if
We never
met

在他看来最大的共性特点是什么？答案很直接：不
自信和不安。这个阶层的人远未像我们以为的很踏
实。当然其中有一些人活得很潇洒，比如发哥。整
个国家的现状令他们对未来不是很肯定。他们骨子
里的"不安"令人印象深刻。这和西方国家的中产
阶级不同，他们的唯一不安也许就是明天会不会有
新的女朋友……

直截了当

后来王承云只身去了德国。在布伦瑞克高等造型艺术学院跟德国著名艺术家塔丢斯学习，毕业时还因为要求创作自由得罪了僵化的答辩教授阿尔伯特。

当代艺术不是说今天你在画画就叫当代。也不是画点花花草草就是当代，历史上画花花草草的太多了，那么多年来，花本身基本没有变化，无非可能是化肥用多了，长相发生了一些变化而已。但根本看不出你为什么要画它？今天看来，我们鼓吹的"文人画"都是不对的。文人画的创作者都是那个时代的政治失败者或命运失意者，他们创作中所散发出来的"晦气"与负能量现在反而被一些人鼓吹或弘扬，我很不理解。中国文化缺乏一种直截了当的气质，我画画，颜色就是这个颜色，肯定，它们之间发生的关系就是直截了当的，我说话做人都直截了当。

当今这个"唯我是用"的时代，那些"无用"往往更具灵魂。有"用"时，艺术家被"用"的东西所牵制，把自己变小了，把自己服从于这个"用"之上。自由独立的成分，甚至"无所事事"的成分没有了。

艺术是每个人的灵魂需要得到的灵魂闪光。它前沿、珍贵。

私人的 女人的

在经历了一系列对象化和分析性的学习、研究、尝试和探索之后，王承云重新回到内心的感性与直觉，创作了一系列表现私人生活情景的作品。

艺术到了最高境界，是把人的每个细胞的灵魂都释放出来。

王承云的变化是从女儿的出生和成长开始的。他是永远都对女孩感兴趣的艺术家。"在描绘男性的画作中，男人都只有做作、别扭、僵硬、残缺或可笑的姿态，但对于女人，他从来没有如此对待过。"我注意到他早期的一些画册中，大多数描绘女性的作品都十分迷人，包括她们的表情、状态。他通过个性十足的绘画表达把这些女人们推送到观者面前。他从德国刚回国时，想以这个角度校对他对中国现状的认识。在德国时他为什么只画家庭，因为生活平静如水，没有人敲打他的脑壳，题材纯净。回国后最大的感受是周围一切都在骚动，这促使他要关注这个社会。城市系列应运而生。

流行歌曲

德国那么安定，为什么王承云要回国？

如果我是个理工男，我肯定会留在德国。但文化，你的根在哪儿，你应该回去寻找，回来后我又找到了乐趣。这里的每个家庭都如此不同，且和时代的勾连险峻又随和……看透了一切，反而才发现了意义。

水中之月，翻个筋斗，又随波而去。

有一张画不得不提，王承云的《流行歌曲》：一个女人，一部唱机，抛却了时代感，生动极了。在部队时他是广播员，在政治处工作。他负责选择每年的唱片、书籍，每年在他手上走的经费（上世纪七十年代）是两万元。巨大无比的款项带着沉甸甸的压力和诱惑的光泽，他被部队政委"理抹"了多次，因为他买的唱片播出去后，人家告发他放的是靡靡之音。●

轻愁 来 了 该 下 雪 了

011

微·美术馆

—

微美七章

2016.11.26

女儿节、京都、梅雨季、夏夜萤火虫

这是一个纯美的时代

惊艳了岁月

这一切

似乎都在永康森林公园深处的一座微·美术馆里

找到了遥远的中国应和

我惊奇，这"藏"，深山流泉

这"显"，活灵活现

多是哲理，多是魅惑

眼会疲倦，眉不疲倦

As if
We never
met

细致入微，不偏不倚

这是我对微·美术馆的总体印象

那生动而迷人的细节，如同翻阅

每一页都像过去的一个场景

因为作者的智慧与关切，而复活并予人启发

也许每个场景完整与否已不重要

这里的一切，似乎总在审视一个角落，却又
充满细节

简单来说，通过阅读微·美术馆，由此察觉一
种态度，一个人，一种风格。

那些兴趣盎然的设计，带着强烈的个人情感取向。

这是他对生活的另外一种诠释和对艺术的挚爱。

翠拂行人首

在实际生活的混乱中寻找有意义的模式，这是福德。我从永康森林公园的外围一路前行，都市的边界带着亟待澄清的欲望。再次进入御翠草堂，园子清芬，冬日植被寥落，可气息如风间藏月，隐隐典丽。

我今年新书《何时再见梦中人》中专门做了霍晓的长篇访谈。五月曾在御翠草堂的五柳仙馆举办"游园惊梦"分享会，邀请到昆曲名家吕福海及旗下名伶与御翠草堂主人霍晓对谈，从巷之声到草红叶，从百花园到虫之魅，从晴日木到来青花——也有我这样的轻愁的门外汉，逐渐明白这造园写字的意义。

那日是节气小雪。霍老师约在园子里用"独调火锅"。随后转入他的新主题：微·美术馆。微美，不唯，不为，我时常代人回忆——我怎么好意思走进那个老年的我呢，他一定受不了我的善意吧。我

As if
We never
met

刚一进美术馆大门，拉开白把手，见到这白墙，悬空展台，蛋色暖光，青莲一愿，干净如少年，清芬同中年，婉转入老年。

它轻柔，独立，我突然想起这也许是我 70 岁的秋天。

浅梦半亩　一池受宠

微·美术馆今天将正式对外开放。由"半亩荷塘"和"海棠别馆"两部分组成，占地六亩。这真是一对不会说话的寂寞情侣。

霍晓 2004 年到现在一直在造园。这十二年治园造梦的黄金记录令人想起木心的一句话：人与艺术的关系也是"意味着"的关系。御翠草堂本身有一座五柳艺术馆，每年活动不断，但并非作为一个固定空间存在，微·美术馆，则定位一座"永不落幕的美术馆"。微·美术馆将就原来的房子进行改造，呈现精微之风物。主人霍晓的审美观念是"赏微美、创微美"，越小之物越易进入日常空间，看得见摸得着。"现在许多美术作品收藏回去只有压箱底，普通住房空间高度基本 3 米以下，怎么去呈现一幅大作品？况且一幅大作品在家把一面墙都占满，伺料起来不易，所以我主张小，这样能把握能呈现，小则易精微，小更难。"

霍晓的"微美"观，实际是换了种更大的方式去观察这个世界。

As if
We never
met

谈吐

微·美术馆其实很"大"。当代性穿行在众多方面。智能化程度很高，网络功率，投影设备，音响设备，一应俱全。亚克力板材全部悬在空中，颠覆以往所谓"架上艺术"的"架上"概念，以往艺术品要上墙，它们的面壁，多了堂皇感，却少了亲和力和立体效果。艺术展陈悬至半空，节约空间，呈现也更立体，虽然装修成本高出不少，但它的通透性令人印象深刻。亚克力水晶镜面在膜的作用下成为崭新的展陈概念。美术馆的每一面窗，多做了一层衬托槽，画作都可嵌入，扩大展示空间。

霍晓在设计时重点增加了户外展示空间，面积不小，不亚于美术馆的室内面积。霍晓之前考察了很多展场、民间美术馆，大多是在室内陈设。"灯光下的东西很多是不真实的"，人流量一大也并不舒服。如果条件允许，微·美术馆可以将展陈进行外扩，室内展示和室外展示浑然一体，更容易吸人眼球。其实我相当看好那块类似壁炉厅的阳光厅，小欧式调调的坐具和靠垫，纯白纱幔怡然垂落，美术馆忽然在这里柔软下来，不计恩怨，天性流露，春日或是秋光，良善，勾人倦意，倦意来袭，谁还能阻止慢慢的放松。

　　这不说话的情侣，也有了轻柔谈吐。

晚来天欲雪，能饮一杯无

　　一具很好的茶席，茶席如台面，中国人讲"台面"，以往叫面子，讲阔绰，实际"台面"更是一种更深广交流的渠道，有了这方茶席，中国之传统书道、花道、香道、剑道都可以联系在一起。大家坐下来，就有了"面对"，"面对"是真实的前提，还是那句话，恩怨、天性，全靠这面对……"我们现在成都的美术馆最大问题是观众坐不下来没有空

As if
We never
met

间，无法交流。偌大空间变成了人与艺术品的遥远距离，往往有种理解，距离才成为艺术……"霍晓设计时就考虑 100 人以下的展览空间，观众入内，真正是慢慢去享受，悠闲，没有压力，轻松展示，真诚面对——过度设计也是浪费。

手作

微·美术馆的连襟则是霍晓的手作工坊，展示是种手艺，创作也是艺术。霍晓作为川大艺术学院的客座教授，身边艺术家不少，做瓷器的，陶器的，老师们带学生的社会实践也可搬到这里来做，制陶烧窑，这里也作为成都市文联的艺术创作基地，未来，这里也不断入驻名家工作室，艺术家可以在这里住下来，在最休闲的时间做最休闲的事情……

难舍

写字造园，我忽然明白，当初那个狂放少年，变成如今深居妙园的中年。我看过霍晓出版的好几本造园心得。他出版的是一个精微版的自己。当这些幽微的文气与雅思，积少成多，他发现，以一种几乎漫不经心的方式，他如何就自己的岁月及自己在书法史、造园史、美术馆设计史的位置上，都在编写一种全新的记录。

他当然希望他的"日记"有人阅读，比如曾出版的那套《一指苍茫》，分为天语流芳、陆羽茶经（小行楷抄）、雕花刻叶二十四品三册。比如给我深切启发的《小阁春深》《园林清供》……

可我更明白，他捂售的书卷是许给这园子的四季七章。天色向晚，难舍才是最意味深长的告别。

惆怅东栏一株雪，人生看得几清明。●

As if
We never
met

锦 江 旧 梦

春　　　园　　故　　是

012

魏葵

—

情境水墨

2016.11.23

蓝姆我喜欢，小说文字冷幽，散着一股故园愁滋味，他怀念故人的文字是这样写的：

I am insensibly chatting to you as familiarly as when we used to exchangsgood-morrows out of our old contiguous windows,in pump-famed Hare Court in theTemple.Why did you ever leave that quiet comer?Why did I?…

As if
We never
met

周作人致翻译家章衣萍的长信说："北京也有点安静下来了，只是天气又热了起来，所以很少有人跑了远路到西北城来玩，苦雨斋便也萧寂得如同古寺一般，虽然斋内倒算不上很热，这是你所知道的。"

　　蓝姆的怀旧调子是"像家人一样聊天，然后在挨着的老窗户之间可以交换生活之物"。而周作人的古寺，是他乡愁的中心，慨叹人生，只不过是从寺的这头，走到那头。

秋雨故园

我最近看到好朋友魏葵的一组水墨新作，取名"故园系列"，分成"锦江旧梦"和"大慈寺冬景"两个主题。魏葵言这是他今年创作计划外的一组作品，来自于内心突发的情感冲撞。魏葵称之为"情境水墨"。这组作品看似写生，有很强的氧气感、现场感，但实则这些景物早已不存，是魏葵心中梦中的记忆图像被情感唤醒。这缕故园清愁，浓得化不开。说是新画，其实也是今年中秋的起始。9月18日，大慈寺片区，在当年魏葵就读中学的上空，第一场秋雨淅淅沥沥，"当年这广场挖开地基，才知这老中学的地下是宋代的官衙"。

偏偏是时间的薄情，使他回味无尽。今天就来说说魏葵的这组纸上"故园"。

中秋后的雨一直下，雨天昏濛里看儿时旧地，太古里让人陌生感顿生。回家翻看11年前大慈寺片区刚开始拆迁时回到故居所拍的纪念。一个人的文化记忆是渺小的，时代改变一切。但纵使这记忆已粉身碎骨，在梦中也永不会忘记。随笔水墨自己的心情，致那时的清空。

中文造句有"吞吐"一法，指将说未说，欲放还收，所谓"今天天气哈哈哈"者也。大词家自是不同凡响，十五字颠倒众生："欲说还休，欲说还休，却道天凉好个秋！"魏葵雅人深致，一场雨，透出好多心绪，奔向旧时明月。

月辉映纸。善纸笔水墨之人，一枝一叶都含秀。

他开始将这记忆中的老天籁落于纸面。

今天画了大慈寺故居。竟得感悟。情感的共鸣是这世间最强的联动波，人在内心无力感时所画的柔弱，却拥有强大的水墨韵律。黯然神伤的情绪和旧时风月皆有着清灰的惆色，这正是中国水墨精神的灵魂之色。情感！巨大的情感倾泻！是新的水墨精神与标准。魏葵记于 9 月 18 日酉时。

我原文照录他当时的发念，如同回到那场秋雨沥沥的摩登广场。

雨后，总似有什么会归来。

大慈寺冬景

魏葵的作品我看过很多，喜欢，他老画过去，笑言这也是一种超现实主义。"我是喜欢，它过去以后，在我心里留下的痕迹。"这是"老画"缘由，也是"画老"的动人之处。我能想见，魏葵在少时的居地踽行。

最草根的时空里也总能觅见一抹年味的亮色。这也是生活，这就是生活。再平凡的光阴也在历史的长河中，对一个画人而言，无奇而有味的岁月，就是他待画的史诗。

故园荒败，很多人都曾亲历，百感交集的枝桠，

As if
We never
met

丢失了翠绿的衣裳。失落是必然的，老成都的那股家风，依旧附在柔软的巷弄，该是很久没有以小步紧跑的心态去迎接一个人的那种快乐了。

那个人，一定是少时的魏葵——很多人的失落，是违背了自己少年时的立志。自认为成熟、自认为练达、自认为精明，从前多幼稚，总算看透了，想穿了。可一回到故里，所有的傲气和自以为是，都要收起来。那矮矮的好像静待拆除的天线，放射着琥珀色的信息，收到的从前，依稀走远。

魏葵一定是有院落情怀的，要不然他不会这样表达大慈寺冬天的黄昏。那时的晨昏，都有一种烟火气的诗意，衣服床单晾在门口，干净的风吹过，浆洗的味道就像含着爱的秘密。

即使有雾也很快散去，单车也少上锁，随意靠在门板旁，这家的炊味不多时就传遍一条街，娃娃们铺天撒地地追来追去，偶尔打翻新开的白酒玻璃瓶，扰乱三轮车吆喝的节奏，那股沉沉的安逸，划过缀满树枝窗棂的日头，第二天，再纷纷飘下。

我看到他这组《大慈寺冬景》，不由得想起我曾经拥抱的少年自己。我们都曾拥抱过阳光下温暖的街角，那里留存着对姑娘的最初记忆和离开的背影。古今中外，一流的艺术作品，莫不传达着深厚的情感，打动着观众的内心。这就是情到深处。

正如黑格尔所说："情致是艺术的真正中心和适当领域，对于作品和对于观众来说，情致的表现都是效果的主要来源。"

脱离了情感的艺术，只有艺术的外壳，而失去了艺术的内核。

自缅甸《莆甘阳光》那张作品完成后，魏葵猛然发现自己在水墨体系中的某种特殊能力，那就是用传统媒介对前所未有的复杂密集物像构成进行写意性刻画的能力。并在这件作品的过程中让水墨出现了新的纸面效果，一种在密集物像中的留白开始不断出现在他的各类水墨创作中，这种近乎自然形成的各种形态的留白，让本会满闷的局部画面透气而空灵，更在它的画面延展中使作品整体出现一种

As if
We never
met

流动性。

他发现这种小面积多形态留白，可以运用到自己中国画创作的各个类型中，自我符号感极强又无丝毫装饰性痕迹。它也许会是魏葵创造真正意义绘画个人面貌的基石，他对我说，他将之命名为"莆甘流云"，以纪念缅甸之行对他绘画的影响。我看来，今后他会不断尝试更多的变化来丰富自己的艺术语言。

锦江旧梦

十开的《锦江旧梦水墨册》，淡淡渺渺地画过。"不预成坏，只写心绪。远水繁花，鹧鸪飞过。现实冷然，惘幻难以成境，而未来从不可知。唯有当年旧梦真情，已成不灭的心痕。"成年的魏葵远远看着河对岸的少年，翻出那些遗梦，那时明月河岸处的少年，是他后退了的情感，是时光倒映于水墨中的清辉。

一天暮时，魏葵与朋友约餐，地点在一个多年没去的河湾处，少年时时常在这处河滩玩耍。因在此地没找到一丝当年的景物印记，餐桌上和同行的好友就城市现代建设和城市人文记忆的理解产生争论……画一张对这个河滩残存的忆记。

中国水墨总能把某种荒渺冷远的意象表现得那么符合自我的心意，却无法对只余排洪功能的河文化和规准笔直的物象下手。是什么东西挥之不去？望得见山，看得见水，记得住乡愁！今天身在故乡，却挥之不去一种乡愁。老舍写《济南的冬天》，郁达夫写《故都的秋》，城市的乡愁不单在文学里，四合院是北京的乡愁，石库门是上海的乡愁，梧桐树是金陵的乡愁，这曾经的河滩，是我画中的乡愁。

我注意到他画里的河湾、拱桥。那是原始的少年时光。少年河滩，竖着很多"信号柱"，一个姑

As if
We never
met

娘湿湿的吻，一次裸泳，一枚水果糖，和父母吵架后负气的一次河岸呆坐……记忆犹新，我们似乎都是靠河湾记忆的一群人，清婉的管音吹起，弦声从缓缓的河岸飘来，那是成年笛声的召唤，催促我们与自己告别。

魏葵说：绘画改变不了世界，但可以记载情绪并使之成为历史的印迹。

他热爱单纯的笔墨表现，喜欢用传统媒介寻找绘画体系中还没有出现的情境与效果。这很难，前人用一千年的光阴，似乎已玩尽了笔墨在宣纸上的所有变化，但这正是绘画的乐趣所在。

犹如从 0 到 9 可以有无穷的数列，而当实数无解时，虚数出现了。我以为可让中国画无限变化的笔墨方程，不是中和之道，而是人与人之间不一样的情感。●

无　色　　深　　　　　　　蓝

013

朱可染

—

是什么指向那

一个个谜底

2016.10.13

为了和朱可染聊这次的个展"无色深蓝"。我特意又重读了永井荷风和德富芦花的散文。

　　永井荷风《十日菊》里有句话：

　　金秋幸免于难的庭院早早地迎接来了冬天。我摘下笔看向窗外，斜阳夕照在院子里，熟透的栀子像火烧一般，橙红透亮，待人采摘。

As if
We never
met

德富芦花《秋寂》真写得寂寥：

下午四点多的时候，夕阳忽然从云缝儿中射出一道光亮。庭院里那即将凋谢的波斯菊、盛开的菊花、红色的鸡冠花、爬满蜜蜂的八角金盘开出的大白花，还有那已经略微枯黄的草地、叶子已经凋落干枯了的胡枝子、白桦、落叶松等，一切都沉寂在这傍晚的夕阳中。"一切看似鲜活，却在哭泣；看似艳丽，实则寂寥。"

今天是一个寂寥的日子。

失乐园

知得愈多，爱得愈多。爱得愈多，知得愈多。知与爱永成正比。

——雷奥纳多

朱可染这张作品叫《失乐园》，此次参展，喜欢得很，"我经常会开车去成都周边的山上玩，有次在山上看到一座废弃的旋转木马，感觉场景很奇怪，后来又开车路过几次，觉得有意思，又专门去看，上面爬满藤蔓，当时正好太阳西下，景象动人，我想一定要把它画下来"。

现在朱可染还能找到那旋转木马。上个星期还路过，没有拆，草长莺飞，现在连木马都看不到了，变成一片荒草。这张画让她想起村上春树《1Q84》，因为里面提到"空气蛹"，"当我画这张画的时候，我脑子里不断回想的就是《1Q84》"。

荒草里的旋转木马，"本来该有嘉年华的感觉，该很欢乐，但我觉得它是忧伤的"。

朱可染大学在青岛大学读水彩，水彩本就是挺文艺的画种。去年朱可染回了趟青岛，离当时读本科已经十年光阴，照旧独自在海边散步，这是她上大学时的习惯，拿着相机，尽情取着素材。青岛八大关海边的松树长得很好，造型、姿态都好看，当时她拍了一两百张。"后来我整理素材，看到这两株偎依在一起的松树，就很想把它们呈现在画面上。它和我们看到的常态不同，轻盈，悠远"。

水妖

作为著名艺术家何多苓的研究生，朱可染对人像的关注自有一番体会。

作家石光华提到："朱可染本来画得不多，近几年好像更少。我也有很长一段时间，没有看到她的新作。偶然一次，我看到她一幅题名为《水妖》的油画。画中的女人裸体在清蓝的水中，身后一路白色的水波，应该是在游泳。但是，我怎么感到，更像是沉溺之前，努力浮起来。纷乱的水草中，一双眼睛冷冷地看着，不是在看什么，只是看。这种目光的不及物，与朱可染过去空灵中的想见，万物中深微的发现，在精神的向度上截然相反。没有挣扎，也没有呼救，更没有了她曾经打动我的询问和出现。她只是在那儿，水中的身体，只是一种在的状态。其实，不是在水中，也是那样。就像她的另一幅作品，女人穿着睡裙，在浴缸里。浴缸里却没有水。女人也是看着，仅仅是看着，因为，浴缸里什么也没有。这样的作品还有一些，浴室墙角躺在地上的女人，面前虽然有了东西，却显得依然木然的女人，赤裸着，只是捂住私处呆靠在墙上的女人……"

石头记

说说《石头记》。新疆有种风凌石，漂亮，精致，枯瘦，在沙漠里被风沙打磨出来，透着岁月感。颜色绮丽如梦。朱可染画的时候主观把它们处理成

As if
We never
met

白色，像玉一样温润。

我有很多（风凌石），买了一大堆就为了画这一组。因为新疆我暂时没法去，我就问北京爱好收藏的朋友，奇石城在哪儿，为了找奇石城买风凌石，发生了很多奇怪的事。我一个人跑到五环外，发现原来奇石城搬了，又坐三轮车去了另一个地方，很萧条的地方。结果还是没对，发现这不是买风凌石的地方。运气好，后来遇到两位北京奇石博物馆的人，一个人给我说，你要是信任我，我开车带你到另外一个地方买石头。我当时想为了选到好的石头，还是信任他们吧。后来他们带我到一个相当于国内很大的石头批发地，转了一天，拜访了很多藏石店主，欣赏了许许多多漂亮的石头，后来我背了一大包石头回成都。在我看来，一方水土养一方人，同样，一方水土养一方石。

晨暮相对

这张很有意思,当时我在山上玩,捡了三片树叶,无意之间摆在那儿,很有画面感,画出来就好看。

这张《暮》是 2010 年的作品了,那会儿在读研究生,白天课很满,晚上吃完饭就去教室画自己的创作,如果不是市区有展览,我基本上保证周一到周五都在教室里画画。这张也是 2010 年的作品,画了一个月,每天晚上画几个小时,我用的那种纸,原本是用来画水彩的,把它用来画素描,颗粒感特别强,这些细节实际上都是画破了,我没管,继续往下画,什么时候这张画的整体让我满意了再说。后来看,反而这些细节更有意思,它就像时间留下来的东西,斑驳。

朱可染画画每一遍都要用橡皮擦一些,只保留她认为打动她的那部分,所以画画的时间很长。创作时很容易画过,过了就要调整,努力做到让它保持在一个很舒服的度里面，"所以何老师经常说，画画把握一个度，生怕过犹不及。这幅画（《暮》）构图上只取一半，留一些空间感，这样不会太满。我想每一组画给自己留一张有纪念性的——《暮》是留给自己的礼物"。

这张小罐子当时在上海做展览时被收藏了。罐子是我在古玩二手市场淘的，应该是父母那一辈的文房小物件。我父亲喜欢收藏瓷器，我受他影响比较大。

飞行的婴儿

和老师何多苓认识这段有意思。她从杂志上见到何老师的一幅画《十一岁》就很震撼，那时是2008年6月，到见到何老师之间间隔不到两个月，很有缘分。"当时有一个成都青岛'双城记'的展览，由于准备考研，那年暑假我就留校学习功课，我已定下来要考川美的研究生，水彩专业，刚好展览在暑假期间，老师给我打电话说何老师和他的作品要来，让我带一帮人去帮忙布展，我想到能看到原作，很激动。"

何多苓那次送青岛展览的是《飞行的婴儿》。"布展时见到原画我特别激动。后来我就报考了何老师的研究生。当时我定好要考川美的水彩，我是水彩专业，没画过油画，考前我就自己画了两张油画，研究生专业考试我的专业课考了第一名。"

在朱可染工作室，看到她去年在俄罗斯写生时画的一张水彩，精致，随性，讨人欢喜，白桦树，草，有风，味道很足，生动得很。朱可染记得，俄罗斯的冬天冷得不行，刺骨的寒风吹着，手完全冻僵了，"我画了半个小时匆匆地跑到车里躲起来。何多苓老师却坚持写生三四个小时，那股精神令人敬佩"。

又看到她画的水彩，一只灵鹊，有灵气，漂亮得很。

何多苓说：我在她的画里看见了想看见的东西。所以，不管有没有观念，这是一幅好画。再来看她的油画。有人会说，画面上只有一个女孩，或站，或坐，或躺，或跳跃，如此而已。但我读到了更多的信息。凝重的表情，清冷的色调，白色的衣裙，纤细的手指，都指向一个个谜底。这还不是我所看到的全部。作为一个专业人士，我要看出这一切是如何画出来的，每一个笔触的精微与粗疏，每一根线条的得与失。我偏爱有这些信息的画。我认为，这样的画有血有肉，过程与结果融为一体。即使还未能完全做到，至少看得出作者有此动机，历经一番挣扎，不是光靠脑洞大开，而是穷尽内力方能画成。我自己是这一类画家，所以偏爱这一类作品。

我还喜欢一句话：风格即所有技穷之处的总和。

朱可染以前非常喜欢老庄和禅宗，也不刻意去读，就喜欢那个氛围，画素描就是生活中的东西。路上捡片树叶，或是小虫子、知了，拿来画，对生命有敬畏之心。她喜欢古尔德，偏古典。

看她的作品，气质和作品如一贯通，真实、真诚。"我的东西跟我本人很符合，很难做得到画一个很系统的东西，当我有感触的时候，这个东西和我发生关系的时候，我想把他表现出来，可能我的画就是从我自己生命里生长出来的东西，每个阶段和我当下最真实的感觉发生对接，包括以前我画石头什么的，我的朋友看到以后就会说，它是你的东西，别人画不出这味道来，看着就知道这是朱可染。"

她内心是个偏古典的人。

我很喜欢这次特别特别的访问。

无色深蓝朱可染：是什么指向那一个个谜底。●

As if
We never
met

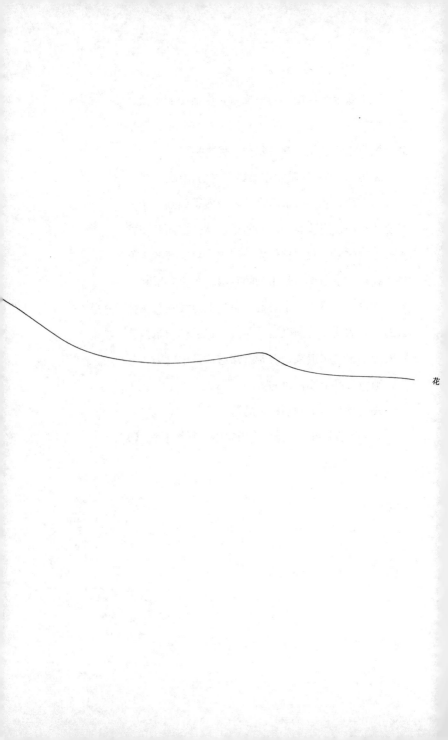

花

事

是　　　人

014

武侯祠

—

羞煞春晚舞美的

海棠开了

2017.2.4

立春，海棠花开正当时。时代变了，红了樱桃，绿了芭蕉，喜欢牡丹芍药的人多半还是那些人，年轻人都喜欢百合兰花郁金香了。即使不谙园艺的人，多少还是喜欢在阳台上养花种草，静心养心之余，也博得来客一片称赞，随便培植随便生，竟也十分喜人，那自然是好事，花事就是人事，小小阳台一片绿叶红花，心情好得很，运气也来了。

能写好花草之文人，一般雅人深致，笔力健康。园艺学问本枯涩，落在手上笔尖纸面，要是也能开花，何尝不是一份自得？春节期间去草堂看了梅展，与几位园艺大家聊到这门学问，茅塞顿开，又来武侯祠看海棠，简直佩服园艺人的大本事："浮云散，明月照人来，团圆美满今朝醉。轻浅池塘鸳鸯戏水，红裳翠盖碧莲开。"花好月圆时，自然流出的词曲，好像就是美好愿景的前奏，让人于春，神清气爽。

成都二月海棠开

春节期间，武侯祠的贴梗海棠、垂丝海棠竞相盛放，既是为驱散凉寒打消冬日消弊添增的色彩，也是迎来新象春意的暖色。在纷至沓来的赏花人心里，留存一年芬芳新春的红美记忆。

2017成都武侯祠大庙会暨成都武侯祠博物馆

第 24 届海棠盆景迎春展已如约与广大观众见面。500 余盆贴梗海棠盆景，以及垂丝海棠、梅花等川派古桩盆景、山水盆景，配以数千盆千姿百态的时令花卉，让市民观众在大庙会期间感受节日的火红热烈和春日的温暖花香。

成都二月海棠开，锦乡裹城迷巷陌。我看到武侯祠的这些海棠，总想起那个玩了一辈子的艺术大家周瘦鹃。

都知道周瘦鹃吧？作家、翻译家，别忘了他也是现代杰出的盆景艺术家。其笔下总是满纸生花，寄情为主，十足旧诗词的韵味。我一向相信一座城市花草树木的多少可以看出这座城市的盛衰，缤缤纷纷的，这城市的人一定温饱安逸，无花无树的地方可能很富有，心灵却是饿的。但愿这座城市千家万户都养花。

周瘦鹃故居是建于上世纪五十年代的私家花园，称为"紫兰小筑"，是周瘦鹃位于苏州的住宅，花园被周老精心布置。1968 年 8 月 12 日，周老不堪忍受"文革"的重压而投井自杀于故居花园内，"紫兰小筑"也遭践踏摧残。他写海棠真是写得凄婉动人。

另外本有两句话不想写，可一看董桥再三说：周瘦鹃"文革"时期挨批挨斗，张春桥把他逼得投井自尽，空遗紫兰小筑的一园花魂。

周瘦鹃的作品美文之多，难以计数，可这"美"，多半都凄怨，《爱之花》（后更名为《美人关》），还有小说《落花怨》……看着武侯祠里海棠开得艳，我心想，海棠真是懂得文人心思：一定留香梦。

越盛开越不俗

李清照《如梦令》，"昨夜雨疏风骤。浓睡不消残酒。试问卷帘人，却道海棠依旧。知否，知否？应是绿肥红瘦！"说尽了娇柔，却留给海棠最体面的回复。经风雨不动，韧得傲丽，想必也不是一般的艳红。杜甫在蜀中岁月不短，春秋几度轮转。至今却未曾发现他留笔纸上的海棠是何芳容？真是耐人寻味。海棠大概是所有色彩艳丽的花里，越盛开越不俗的一种。我看网上说海棠的花语是：平凡，热情。多好。换做现在时髦的叫法是：低调奢华有内涵。

之前一篇"海棠燕飞，最勾往事：孤独的人，需要一场热闹的庙会"引了外地几家文博单位的邀约，说他们的灯会、庙会能不能也按照这个调调写一个，我倒觉得大可不必。

甲骨文已可见栽培花卉的记载。唐朝文治武功，百姓安稳，养花更见流行，难怪我看现在三圣花乡一到周末就走不动路。

蜀地千里，海棠独妍。作为中国传统名花之一，海棠花开，灿若云锦，被誉为"国艳"。据明代王象晋《群芳谱》记载："海棠有四种，皆木本：贴梗海棠、垂丝海棠、西府海棠、木瓜海棠，习称'海棠四品'。"贴梗海棠花朵紧贴于枝干，花色红黄杂糅，烂漫明媚；垂丝海棠花朵簇生于顶端，柔蔓迎风，垂英袅袅，绰约柔婉。本届庙会，数百盆贴梗海棠与垂丝海棠，在听鹂苑、新盆景园、文物区中轴线一带错列展出。含苞如胭脂点点，朱砂烂漫，及开渐成缬晕明霞，耀目绚烂。

莳花掇木盆景美

川派盆景，作为中国盆景艺术中极具影响力的流派之一，向来虬曲多姿、苍古雄奇。其中，当数贴梗海棠树干最为矫健，花枝繁茂，颇能体现川派盆景美丽的格调。

一盆一世界，一树一景观。花木之韵融入盆钵之间，或疏影横斜，或曲折有致，无不姿态朴雅，意趣独具。据介绍，树桩盆景的制作约需数年时间，而本次展出的贴梗海棠盆景，从扦插成苗到培育株形，从蟠扎修剪到养护管理，更是凝聚了园林师们几十年的心血，可谓盆盆手作匠心，独运天成。

前不久再读董桥《章可画海棠》："几十年过去了，我日前才在上海朵云轩的秋拍里拿到书画玩家都会珍惜的《海棠飞蝶》。章士钊在诗堂上题了两首七绝，跋语说：'吾居汪山，门前海棠盛开，每年春秋两季助吾诗料及可儿画料不少，此帧乃偶然之鸿爪也。'毕竟西画功底深厚，章可那五枝海棠一只飞蝶笔工色艳，乍看像西方古籍里名家的细笔设色花卉插图，欧洲画廊书铺喜欢抽出来裱入古典镜框零卖；细看不难看出章可传统水墨的一些修养，粉情水意远远胜过西洋水彩画幅。"

章可是章士钊的长子，一九一〇年生在英国，一九八六年死在北京，字受之，跟过李大钊学社会学，一九三〇年入柏林美术专科学校学油画，毕业后入罗马皇家美术学院深造。他一九三七年回国，在北京、天津、香港、重庆、上海举办过画展。

一九四九年之后出任北京私立京华美术学院院长，作品《国会旧址图》放大成二十倍的照片在故宫午门展览了三年。章可接受过北京市政府邀请到处访碑，积累了大量珍贵资料，夫人徐静馥还捐赠他的六十幅作品给卢沟桥历史文物修复委员会。

百花争艳相映成趣味

晓看红湿处，花重锦官城。繁花的成都，也正是这个季节的约定。美丽的花儿，娇得有收敛，艳得有分寸。聚到一处，春晚舞美的裙摆是万万比不得的。

春意的成都，海棠也随着暖意展露芳容，最为红艳。本届庙会，除娇妍丰润的海棠盆景外，更有数千盆时令花卉斗艳园中。蕙兰，姿态妙玉；仙客来，花媚叶茂……火红、粉娇、明黄、暖橙，各色卓越构成一片片明快跳跃的缤纷花海。此外，武侯祠园林里的梅花、山茶也正值花期，凌寒碧叶，繁花满树，清冽甜润，幽香彻骨。一派春意裹挟着最柔和的南风，驱散蓉城落了一冬的冷，暖暖和和地约唱了一回春日艳歌。●

*As if
We never
met*

晚　　最　开　寞　寂　　春　争　不　醲　醾

015

向洋

—

假如人生是
一钵樱桃

2016.12.25

向洋的房子在市区的某个角落，偏冷的一隅。别墅装修得像欧洲几十前的味道，外人还以为是她在国外旅居多年后回来深植的一方晴窝。花事不盛，那天我一进她的院子，就想起"酴醾"这个词，闲居、花事往往缤纷，可冬日的成都，实在找不到一处清丽的福地。唐寅所谓"岁暮清淡无一事"是真的，"竹堂寺里看梅花"的福分，我找了好久，都无缘。

"酴醾"，也作"荼"，又称"佛见笑"，蔷薇科灌木，初夏开花，苏轼因有诗云：

酴醾不争春，寂寞开最晚。

既然开得最晚，借来形容花一心要开到晚春甚至初夏，也算合理。荼蘼，春末开花，所以王菲歌里唱到的"开到荼蘼"是说春天的花期已经要完了，最繁盛的时期快过了。

一说，这荼蘼好似12月向洋的院子！

地下室到一楼，一楼到二楼……我从向洋房子的布置来看，她一定对欧洲中毒很深。但其中一些机巧的设计，打动的可不止平常女人。几处摆陈的她的画作，全按自己的兴趣。

我最爱读张岱的《陶庵梦忆》。台静农先生生前为此书写的序也是上好文章。我抄了一段话：

一场热闹的梦，醒过来时，总想将虚幻变为实有。于是而有《梦忆》之作。也许明朝不亡，他不会为珍惜眼前生活而着笔，即使着笔，也许不免铺张豪华，点缀承平，而不会有《梦忆》中的种种境界。至于其文章的高处，是无从说出的，如看雪箇和瞎尊者的画，总觉水墨瀚郁中，有一种悲凉的意味，却又捉摸不着。

　　我整整一个下午在想，向洋院子透出的那股气息，画室的茶香，她几位画家女友的现场创作，书柜里隔着玻璃都看得到清丽倔强气的那张照片：向洋不长不短的头发，在昏黄的日落晕头里，回头，不经意间的那股捉摸不清，她抽着烟，就像目送自己曾经最珍视的一段感情，一瘸一拐地消失在日落尽头。我估计后面的摄影师再也拍不了这样的照片了，它来自她前夫的一次同样不经意的快门。

　　说实话，我曾一度认为向洋是一个美丽的书呆子。她的作品不多，画册也是好几年前出的，当然有一些是特别动人的，我的摄影师说她看到了一些迷人的细节，比如她作品里那股朦胧面纱般的典丽，女性气质特别浓的一些局部，和曾经有关的一丝性感。她一定是善于透过画面人物的眼神和姿态来撩拨气氛的人。很难得看到她作品中人物的笑。

我想起文人黄裳，小时候，他最喜欢在父亲的书房里翻弄一本厚厚的画册，黯蓝漆布面，烫了很漂亮的金花，还是十九世纪初年在莱比锡买的。这本书里有拿破仑的棺材、威廉皇后的照片、巴黎的凯旋门、中欧小国的风光。

黄裳说迷恋黯蓝不是追慕忧郁或故意伤感，而是迷恋那种淡然的心绪。久久回味。最意味深长的告别，是话到一半，两两相望的一幕。我推荐向洋看看美国最伟大的民权律师兼作家克拉伦斯·丹诺的书，记得其中一本里有一句真是动人："If life is a bowl of cherries."（假如人生是一钵樱桃）

书里讲"父亲的书房"是好多人童年的幻想世界，到了有一天，孩子不再躲进父亲的书房，父亲才突然发现孩子长大了，自己也老了。

　　我的父母就是我家里的两尊佛。

　　向洋在楼梯上给我淡淡地说这句，我惊了一头。我从未发现向洋这样看待亲情。比如她和两个儿子的亲密关系，比如她的两只宠物猫和一只狗，比如她画室挂着的禅意画——莲，各色莲花的孤绝，一生悲欢的凝结，随后轰然地平静……

　　后来再看她那件在全国十二届美展上引起很大关注的《时间都去哪儿了》，是她40岁生日当天完成的大课，作为她工笔画技艺的高峰作品，自然而然理解她当时的"泪流满面"——不哭却泪流满面，这才是动人的高光。

　　也是此刻，家里"两尊佛"的庙堂气、烟火味迎刃而解——我们的童年往往被成熟的门槛绊倒，成熟后又发现找不到表达亲情的合适出口，爱其实比不爱难多了，要明白怎么爱，难上加难，"我情感的出路就是画画"。向洋这样有故事的女人说这句，我信。

　　向洋院子里有两棵樱桃树。她说明年樱桃熟了请我去吃，还让我带着豆豆去树上直接摘了就吃。"我在幼儿园之前的时光都是在一棵巨大的樱桃树下度过的。我在樱桃树下学会了爬、学会了走路、学会了向妈妈奔去。"樱桃树充满了向洋对爱的最初记忆，所以她的院子里如果要种一棵树，一定是樱桃。

　　我于是很期待，明年向洋的樱桃熟了的盛景。

　　时间何尝不也是一钵樱桃啊。

你抱着朱红的橘子回来

　　我接触了很多向洋这种生活条件的画家，大多的共同特征就是"不安"，严重一些的可以说"恐慌"。"生活，为什么要慌？画画，为什么要快？"两个问题看似简单，回答起来好难。"拿命来抵的东西，快不了，画画，天天都做这个，画到八十岁，我就不信做不成。"前几年看到其他画家一个平尺卖好几万，向洋也颇有感触，但回转一想，这好几万值吗？向洋对钱的态度，我不意外：作为手段出现的东西，始终就不是最终的目的。

　　《声律启蒙》，向洋画室里端端正正摆着吴冠中的书。她说起 2004 年在北京昌平画家村，一个月 150 元的租金，她住在一个平房里画画，冬天没有暖气，她挥霍自己的精力，搭建这个暂时的温馨居所，她闷在里面画了整整一个学期的素描。然后她又把我引向 1995 年，她 21 岁，在当时的中央工艺美院（后来的清华美院）装绘系进修，当时她给别人的印象是：如果画室里还有人在画画，那一定是向洋。考研生考了两年，都因为英语没过落第，要不然她差一点就成为偶像陈丹青的学生。

我的摄影师问向洋，为什么现在的画总是禅味。不心虚、不盲目、不跟流——向洋这个年龄，说这个话，我还是惊讶。很多人对禅味理解不清，孤独的佛陀总是被反复消费。月色朦胧、廊桥遗梦，生活往往是在心慈手软的得过且过中流逝的。向洋能静，作品里也没有廉价的伤感，都说这电脑世纪容不下离愁了，都说朱自清清华园的荷塘再也闻不到荷香。真的吗？

我想起向洋说自己当时是为了逃避一段感情生活开始的北漂。把情感看得比生命更重要的女人要坐上火车投奔未知，如今想起来还是有些跟跄。执念谁都有，执得人走不出来，就是痛苦。为美而苦的人，拧得出水来。

向洋给我印象最好的一点，是她从不诗化自己的经历。"你抱着朱红的橘子回来"——朱自清《背影》里最高级的忧伤，就是不把悲悯当软糖。

苦就是苦，甜就是甜，橘子皮刺鼻的味道，才是生活本身。

小学时，她在美术兴趣组画的"荷仙姑"被当时的老师收藏。爱莲至今三十年，率真感性，我印象深极了。多年过去，生活一天天继续，结婚、生子、离婚，似莲；画作一件件落纸、上墙、获奖、进画院，突然像个异类在成都艺术圈冒出来，与圈子的距离越来越远，似莲。偌大的别墅，只含一个小小的画室，画室不大，聚气，房子很大，一件件家具陈设、摆件都是她亲手选购布置，不空，这营造的情致，如夜行者，十足深闺情怀。

可她临去秋波一转，到手的还是放开了时间拘谨的画艺。深爱或浅愁，都有了一层玉琢岁月的包浆，值得信赖的是，她选取了一种淡淡的方式来处理那些深沉的人生沟壑：写实、经济、感性、优美、灵光，她的画给我这十字印象，写实是风格，经济是不挥霍的笔触，感性、优美是她个性的体现，而灵光是观者领受的慈悲，像极了叶慈的诗。

她有点怕，怕得到，怕失掉的阶段正在逐渐消褪，那些忘不了的人、害怕记起的事，都在她与宠物猫、狗玩耍揉搓的时刻真切地融入到现在的生活茶香里。

老人说：人生如流水线流转，你我只是来一个扔一个的废品，唯有机器不停地运转；年轻人唱：人生如流水线流转，你我都将抛光锃亮，唯有机器不停地运转。

人生小语，吟哦再三，聊了一下午，发现她内心很多隐秘的角落，依旧琢磨不透她的很多状况。向洋枕头旁边放着一本《三体》，还没看完，我说你的日子过得像景泰蓝，是不是还嫌不够科幻？她说《三体》实际上讲的是与佛学相关的东西。我想起女诗人翟永明《随黄公望游富春山》的诗。

向洋卧室精心放着一方素描自画像，我喜欢得很，顾绣闺阁，是她离婚后自解的心语，我满心以为这是她之前早早的作品，画面上的向洋和那张昏黄日暮中的剪影完全不同——我们永远都像成长路上的孩子，需要一钵钵又红又甜的樱桃。●

被爱判处终生孤寂

016

观音寺

—

一寸相思一寸灰

2017.2.20

那几天春雨连绵，春寒不散，我深宵悠悠忽忽读了一些宋词元曲。雨声小了，春的呼吸声愈大，怀旧愈深。该踏青了。

二酉山房的谭丽娟推荐去新津观音寺，说壁画好。我一查，成化年间的留到现在，不易，老天有眼，能在这么飞沙走石的世间，看到这孤独的艺术，虽然破败，香火也寂寥，但总算是留住了。我历来喜欢看老庙，吱吱呀呀地被风吹过那些经语佛说，屋檐、植物、里面的人、钟、门、佛影、塑像，都是这建筑的一部分。建筑的温度，和这天阳光的深度一样，透着一股子缠绵之后的失落。我不敢进这庙堂，拜不起那些神仙。后来才知道，是不敢看他们的寂寞。

惹不起的情种

张涵看了我随后拍的照片，录几句：一个"情"字，心旁有青，心沐春风，青葱生发。世人分得清昼夜，看得出善恶，把得住喜怒，就是说不明情为何物。如何安放，才是好呢？"山中岁月容易过，世上繁华已千年。"

我的编辑八月未央倒是站在女性角度说了一句：《默》里唱"我被爱判处终身孤寂"——每一个女人心中都住了一个观音，每一尊孤寂的观音就是自己的守护神。

都是惹不起的情种。

这观音寺看来是经过火的百炼千锤，反复被烧，复建，又烧，又重建。每一幅壁画，都如涅槃。我看寺里介绍说，2001 年观音寺内壁画和塑像被列为国家重点保护文物，2003 年经国家文物专家考察，观音寺与布达拉宫等列为全国十大文物保护重点修复工程。给了 800 万进行修复。我看这钱花得千值万值：斗彩的鸡缸杯被大藏家刘益谦花两三个亿买来喝茶，看来茶是奢物，这杯更奢，用年月喝茶，比喝上了年月的茶更高级。

当然也更寂寞。寂寞是种贵重的感受。成化的壁画、泥塑，你看过没有？要是干干净净新画的，不值钱，沾了时间的味道，好像也不太值钱，跟成化瓷不一样，壁画都在墙上，跟这亭亭玉立的建筑融为一体，保留这些东西，才花钱。

800 万，据说是四川投资最多的一次修复，我无力求证。将成化两座建筑，635 尊塑像，94 平米的壁画修复完善，800万，贵不贵？网上说新都区新繁镇荣军路86号的龙藏寺（慈惠庵）仍旧处在"水深火热"之中，同样的明代建筑，被雷劈掉一面山墙，明代的壁画，依稀可见。"再不保护，就彻底完蛋了。"

观音殿那天竟没开门，想来也是天意。美事从来多磨，认命，随缘，一个意思。走时抬眼看看额匾：慈云普荫。有典故。皇家御笔所刻。各位要是有兴趣，网上到处可查。

老旧之物，带着古董的光泽，让人不免与金钱产生关联，罪过乱想，年纪越大，越感慨这对人对事的痴迷、执信，和出麻疹一样：年纪越大越严重！就连看那一尊老雕花大石缸都好看得不得了。宝马雕车搜买花树星雨的豪情渐渐消散，未曾消散的是众里寻隐地的千百度深情：因为有过，所有难舍。因为难舍，所以不忍。

世道莽苍，俗情如梦，来这古寺，回想起早岁结识的零星尘缘，几乎都是写微渺素朴的邻家凡人，没有高贵的功名，没有风云的事业，阴晴圆缺的生涯中追慕的也许只是半窗绿荫，一纸风月——我们在人生的荒村僻乡里偶然相见，仿佛野寺古庙中避雨邂逅，关怀前路崎岖，闲话油盐家常，悠忽雨停鸡鸣，一声珍重，分手分道，不知道什么时候又会在苍老的古树下相逢话旧。

去老庙，写点散乱游记用词都往往典丽秀润，生怕吹风都有新味，字字斟酌，恐扰了这春日清逸。世风翻新，俗气弥漫，寺内有菜园，后面有带墓碑的坟冢，和生人面面相觑毫不岔生。出得寺门更有沿路摆摊卖果蔬的农人，停车场当天估计也是太阳好，竟忘了收费……这般清贵气又不失烟火味的地方，不多了。

莲花接翠

观音寺，坐落在成都市新津县城城南约 7.5 公里的永商镇宝桥村境内，面临邛水，背负群山，苍松翠柏，清水环绕，山如九峰拱卫，状如莲花，故有"莲华接翠"之称。按传统的地脉风水学讲，此处地理格局极佳，其山状如九峰环卫营拱，如同九朵妙莲齐开，为修仙行道的祥瑞圣地。

观音寺古名"平盖治"（张道陵 24 教区之一），东汉末年，道教创始人张道陵为方便教化所设二十四治（教区），中品第八治"平盖治"便是此山。据道教类书《云笈七签》卷二十八载："平盖治山，在蜀州新津县，去成都八十里。前山下有玉三尺。昔吴郡崔孝通于此山学道，得飞仙山。"治应娄宿，阴人发之，人扬孟时《重建平盖观山门石梯落成记》碑文中也有记载，说古之高道吴群、崔孝通曾与九连山平盖治潜志修仙，并且羽化飞升，得入仙门。

张商英舍宅为观音寺

　　自汉晋以来，佛教由中原地渐次传入蜀地，尤其进入唐代，佛教深得大唐天子护佑，蜀地亦成为全国佛教重镇，使源自本土的原始道教反而在声势上退居次席。到了宋代，一代禅门领袖，被宋高宗封为"圆悟禅师"的佛果克勤禅师，晚年驻锡于成都昭觉寺，于是成都很快便成为全国的禅教中心，使"言禅者不可不知蜀"的盛誉，一直流传至今。

　　新津观音寺即兴建于圆悟克勤禅师圆寂后40余年的宋淳熙八年（公元1181年）。据史料记载，宋时一代明相,禅门中著名的大居士张商英的故居，就在观音寺近侧，故当地流传着张商英舍宅为观音寺的故事。当时的观音寺规模深宏阔大，香烟鼎沸旺盛，共有殿宇一百零八重，前后左右都有山门，前山门在余渡观音桥的山嘴上，后山门在秦山埂，左山门在邱坟园，右山门在赖家院子的营盘山。系西川著名的大道场之一，此地，地接邛蒲，又负屏山，唐安雾邑，环带左右，山之迭六治，巍峨萦之，八津朝揖，九峰拱卫，七星盘旋，奇花瑞草，灵禽异兽，至于寺中。然世事变幻，诸法无常，曾经盛极一时的观音寺也概莫能外，元代末年，兵燹四起，观音寺随之被毁。

掬水闻香

直到明朝洪武三十一年（公元 1398 年）开始重建。当时寺僧海金讳碧峰禅师，览胜于此，掬水闻香，知其胜概，遂憩于此，依治修庵。在九莲山东岩修千手观音殿，塑千手观音像，后来又在后山开凿石头，准备扩建殿宇。碧峰禅师驻观音寺时，为蜀王所尊礼，常请至王府宣讲三乘佛法，蜀王还特赠藏经一部，增修佛殿，方丈斋廊，塑绘三身等像，福宾和尚去世后，由其徒弟圆彻、圆历主持寺庙，后又增修大慈法堂、天王、龙祖、僧房等殿，塑装地藏、弥陀、天王、童子、诸天圆觉，护法金身，树植千珠，逐渐完美。后圆彻、圆历去京师参学，又有圆纲、圆镜同心协力，诱诸檀越，大振山门，不期年三大士两旁五百罗汉，海砌月台，恢宏龙井，凡百废坠一撤而如是，可谓备矣。

来这古寺，凄凄切切、残残旧旧透着古雅的清香，怎么看怎么像是陆小曼手笔。这地方，冷清，像是一种矜持的关切和客气的隔阂另加孤傲的落寞，四分往昔故园的教养、三分传统历经时间的磋磨再加三分近现代的混世摧残。

As if
We never
met

毗卢殿十二圆觉壁画

刚开始我真不敢往里进，就在毗卢殿。里面不能拍照，说是要罚款 2000 到 5000 元。一位女工作人员穿着保安服边打电话边跟着我，生怕我偷拍。

据说观音寺重建时，是由明朝皇帝派御用监匠监修（1980 年观音寺维修围墙时发现"北京御用监匠见宫"字样的碑记可查），可见当时明朝朝廷对观音寺的重建很重视。观音寺从明宣德元年（公元 1426 年）开始重建至明世宗嘉靖三十四年（公元 1555 年）完工，经历了一百多年，共建殿宇十二重。分别于明英宗天顺六年（公元 1426 年）增修毗卢殿，明宗成化元年（公元 1465 年）又增修观音殿，塑殿内五百罗汉像，成化四年（公元 1468 年），绘毗卢殿内两侧十二圆觉壁画。成化五年（公元 1469 年），雕刻毗卢殿石香炉。成化十八年（公元 1482 年）圆历和尚从京师请回四大部经藏于寺中。明朝武宗正德二年（公元 1507 年）

雕刻观音殿中间石香炉。明世宗嘉靖三十年（公元
1551年），雕刻观音殿右边石香炉，嘉靖三十四
年（1555年）雕刻观音殿左边石香炉。

毗卢殿壁画共7幅，分为上中下三层。上层是
飞天、幢幡宝盖和天宫奇景，中层是十二圆觉菩萨
和二十四天尊，下层则绘了龛座、神兽以及供养人
像。这里的十二圆觉菩萨壁画，是根据唐代西域来
的高僧佛陀多罗所译之《圆觉经》内容而作。虽然
菩萨的人物形象和比例完全按照佛教的《造像量度
经》要求绘制，但对每一个人物的衣饰细节和面部
表情，无不刻画得惟妙惟肖，生动活泼。

壁画展现了中国绘画的多种技法，如兰叶描、
铁线描等。最令人叹为观止的，是清净菩萨身上所
披的雪白细纱，皆用珍珠粉勾勒纱纹线条，精心描
绘出蛛丝般微妙的衣饰细节，颇具"曹衣出水、吴
带当风"的风范。尤其是画面上大量使用了沥粉贴
金技法，显得富丽堂皇，又艳而不俗，比能与之媲
美的达·芬奇杰作《蒙娜丽莎》整整早了36年。

早在 1939 年，梁思成在川康考察时，便赞过观音寺壁画"工整秀丽、备极妍巧"。1940 年，著名历史学家顾颉刚见到观音寺壁画后，于《新津游记》中专门介绍，赞其"庄严肃穆"。而当时他就有感于壁画和观音寺其他雕塑的珍贵，呼吁对其进行保护。上世纪 80 年代初，著名美术家王朝闻也专门前往观音寺，并最终把其中 4 幅收进了《中国美术全集》。

衣钵流光

　　又经过一百一十一年，庙宇年久失修，破烂不堪，到了清康熙五年（公元 1666 年）新津知县常九经率众重修。乾隆五十年（公元 1785 年）又有培修，道光元年（公元 1821 年）复修观音寺正殿，咸丰年间，旋遭毁损，原寺中旧多古柏，千云蔽日，蔚然深秀，仅存十之一二，因主僧护持不力，殿宇佛像半多破坏。

至清同治、光绪年间，有高僧道松德青和尚驻锡于此，于同治九年（公元1870年）重修无量殿，同治十年（1871年）修客堂、观堂、香积。光绪元年（公元1875年）修方丈，两次开期传戒。受戒僧众众多，寺内戒堂存有"衣钵流光"的金匾，即当年道松和尚传戒的纪念品，惜今已无存。光绪六、七两年（公元1880—1881年）复修接引、祖师、龙神各殿。光绪十四年（公元1888年）修玉皇楼、孔雀殿。光绪二十三年（公元1897年）装彩毗卢殿。光绪二十四年（公元1898年）装彩天王殿，其余弥勒、三仙、川主各殿及山门次第重修，以偿夙愿。由此德青和尚主持有力，增建殿宇十数重，使观音寺庙宇焕然一新，金身佛像，红墙铜瓦，灿烂辉煌，恢复了宋元以来的兴盛局面，并改为十方丛林，接纳四方禅客，广弘如来教法。

As if
We never
met

金身落华容

道松和尚号德青，俗姓周，什邡县西鄙三十里丁家阁人。咸丰初年，祝发于彭县天台山万寿寺，为明星长老之徒。咸丰八年（公元 1858 年）受戒于成都昭觉寺，为明照方丈法嗣，历往文殊尧光各丛林。咸丰末年，新津县绅联举为观音寺住持。由于道松和尚住持有力，使寺庙兴盛，佛像金身，师徒达到二三十人，逢庙会节日，盛况空前，曾有碑文赞道松和尚曰：

唐代建雏庙，翠柏绕山头。宋时修佛寺，元季毁兵戎。明朝重修建，金身落华容。清有高僧主，常叫宝殿雄。松公今已老，谁与振宗风？

道松和尚不仅对佛学很有研究，而且他琴、棋、书、画、诗、词、歌、赋样样皆能。据传他每晚在黄桷树侧的亭子内弹琴，其声悠扬，激荡人心，引来四方信众驻足聆听，雀鸟也栖落在树上静听琴声。可惜他的手稿真迹已被后代盗卖一空。据民间传说，清时农民起义领袖蓝大顺，起义失败后，遂隐居于观音寺。道松临终前，问他的徒众们："你们见过蓝大顺吗？"众徒众答曰："没有。"道松曰："你们真的没见过吗？看！我就是！"当时徒众很是惊奇，道松说完就含笑瞑目了，何等的洒脱，因此后人一直传说，观音寺的道松和尚即蓝大顺也。●

As if
We never
met

给 任 何

光

透

然　后

软　的　地　方　打　孔

017

许尔纯

—

视觉奶油

2016.8.31

这两天重看法国艺术史学者弗朗索瓦芭布·高尔的畅销书《如何看一幅画》（法国艺术史学者，弗朗索瓦芭布·高尔在索邦大学与卢浮宫美术学院接受了完整的艺术史教育，之后成为艺术史教授。她排斥菁英主义，致力于为大众开启通往绘画艺术之门，为此创立了"如何欣赏画作协会"（CORETA），开办无数座谈会，并出版诸多相关著作，包括《艺术原来可以这样看》《20世纪艺术原来可以这样看》《了解画作的象征》等）。

As if
We never
met

其中一则《感知当下的优美》很打动人，看见光线的诞生，放弃显而易见的事实，把我们熟悉的变得更熟悉，陌生的归于更陌生，尘与土，红与黑，平庸与瑰奇，互相成为永远不必见面的彼此。这也许是西方传统艺术形式的一种正常表达。

前晚大雨，成都难得的一场清凉，我车里特意播了一张2014年11月在首尔韩国国立中央博物馆门口艺术商店买到的CD——《Jang sa-ik vol.6》。东方艺术最有意思的地方在于，它对客体事物的主观内心转换，完全抛开事物本身的属性，只留下那股子精气神，抽离，然后烟尘一般进入，无孔不入——把熟悉的变成不熟悉，或者极致的熟悉到你完全不熟悉，把陌生的变成拉家常，把陌生的提炼到极致，变得十分熟悉，雨，大到你看不清，索性车停路边，就听这些异国的歌，播着成都的情绪。

我一直对两张照片印象深刻：13岁的梵高，清爽而桀骜，骨子里那股灵性、寂寞，无人敢于挑战的英朗。说是梵高年轻时只留下两张照片，13岁和 19 岁时分别成为镜中人。

还有一张，13 岁的毕加索画的作品，一幅石膏人体素描，同样干净，方正，透着难掩的天分与才情。

13 岁时我们在干吗哟？

许尔纯·视觉奶油 2016 年艺术展 8 月 19 日在许燎源博物馆开幕了。

许尔纯，13 岁，著名艺术家许燎源的儿子。这次以一种熟悉又不熟悉的方式，让熟悉的景致与对象，变成了陌生的经验。展览包含他的抽象油画和摄影作品。摄影地点都在麓山国际。据说展览后有媒体传递信息，西班牙一画廊想邀约许尔纯过去办展，但画廊方和中间媒体都不知道他只有 13 岁。

你们能看出来，我的画都是很抽象的，没有什么具象的东西，应该说我并没有想要表达一些具体的思想或者观点。我想要表达的，应该是一种直接的形式美，一种强烈视觉冲击，直接击中人的内心，让人获得美好的视觉体验。

我的摄影都是取材于我们日常生活中最寻常的事物，但我并不把他们当作有用的物品去拍摄，而是作为一个旁观者或是一个观察者，在日常物中找寻一种陌生的视觉，所以你似乎看不出来这到底是什么，但又觉得它很熟悉。这也许就是你说的陌生又熟悉、亲近又疏离的感觉吧。

简单说一下我的观展感受。

我们终究要承认我们不能全都看见，但我们终究也要接受，看不见的也许更值得去看见。

我们都想瞥见一个原生态的自然，但晨歌暮鼓，我们总是会以自己的经验去判断自然。自然不需要判断，只需要看见。

感知当下的优美，并将这种优美保存，有照相术，但照相术是技术，而不是艺术，于是，我们有了艺术摄影和绘画，要辨别历史的内心骚乱，又要忠诚于自己的内心艺术感知,我们是一群纠结的人,而往往,孩子的眼睛能直接杀入骚乱,带走他要的人,他要的感觉。

抚摸完美的概念,重要的是抚摸的过程,哪里又有什么完美,更遑论概念。

我在这些作品中察觉出了一些神秘性,比如那丛小花掩映在翠绿的叶盘里,它欲言又止,欲说还休。

超越第一眼的冲击,让我留下了耐读的印象。这些东西好像难以相信出自13岁的孩子。它们有着一种保持克制姿态的成熟,可又有一些对成年世界的窥探感,这种"艺术毛边"让人舒服极了。

"花时间来弄错"的过程十分美好,这当然是艺术,观察一个孩子如何花时间来"试错",更是艺术中的艺术。

看这样的展览,要习惯,习惯迎接转瞬即逝的事物和感知,他们太快,沉溺于不再害怕,又一再害怕,不再害怕我们的笔下没有艺术,一再害怕我

As if
We never
met

们赶不上这些转瞬即逝，这些欲言又止，这些"给任何一个柔软的地方打孔，然后透光"的感觉。

"给任何一个柔软的地方打孔，然后透光"——手机摄影达人曾贞，来自许燎源博物馆，她的话，我借来做标题了。

另外，对于"视觉奶油"，这个名字不难理解。展览的策展人是我两本书的设计师许天琪，她写的这则短文我好喜欢：

　　假如普通牛奶是白奶牛产的，巧克力牛奶是棕奶牛产的，那么所有糖果都是彩虹做的吧。

　　童话世界中，云朵是棉花糖做成的，所以云朵吃起来甜甜的，入口即化。

　　你睡着的时候，你的玩偶娃娃就会活过来，但他们都很害羞，只要你一睁眼，他们就又不动了。

　　如果你把口香糖吃进肚子里，他们就会在里头待上七年，然后你一打喷嚏就会喷出泡泡。

　　别吃太快，如果你吞了一颗西瓜籽，不久你的胃里就会长出西瓜。

你知道吗？大灰狼都躲在黑夜的阴影中，如果你不小心走进去就被它吃掉。

掉了队的大雁就会变成一只风筝，停在天上，不知道接下来该去哪儿。

妈妈睡着的时候，她长长的头发散落下来，变成山川和河流。

一只羊故意让自己走失，让整个草原都进入迁徙。

春天的风很大，将我拥起，然后不停地旋转。我大汗淋漓，感觉到了夏天。●

As if
We never
met

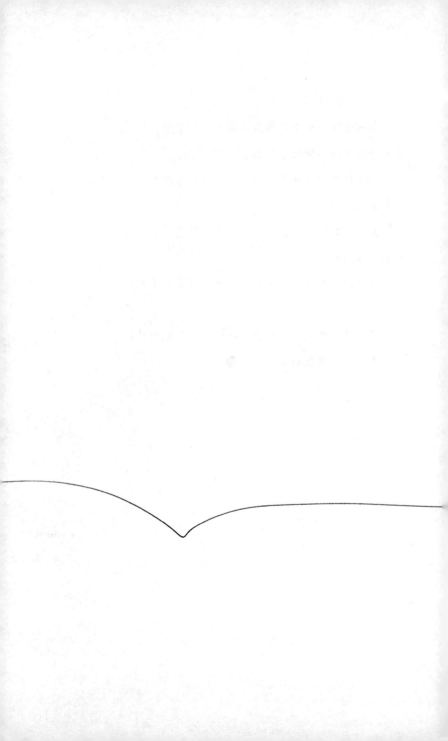

故乡不再是故乡

018

谢常勇

—

岁月不饶人
我亦未曾饶过岁月

2016.7.13

坦率地说，这个人被长时间的岁月声响所淹没或者遮盖，显得寂寞，无声，喊再大声也很快被时间碾过。但从另一个层面来说，他的作品又犹如一台抒情压路机，缓缓地又带着温度把自己熨平。

卡莱尔说得真好：没有长夜痛哭过的人，不足语人生。

木心在《云雀叫了一整天》里说：岁月不饶人，我亦未曾饶过岁月。我想"经历"这个东西往往是

As if We never met

人之所以成为一个艺人最需要加码的东西。陀思妥耶夫斯基的耐性真好，道德在土中，滋养花果，艺术品是土面上的花果。道德力量愈隐愈好。一点点透出来的东西，最打动我。

于是，当我看到家门谢常勇前两年的这件风景作品时，真是感动。作品没有什么花里胡哨的技巧，也没有宣扬什么当代的道德和观察，只是一点点地透出它的行文，流利而苍郁，不明说，多做暗示，可这个暗示又透着故意的浅白：这棵树，静静在那里装成了一个看客，"余光"的名字取得也合适，它让自己成为一个过客，移动的观察者，告诉你：今夜，你再不来，我就要下雪了。

我曾见过的生命，都只是行过，无所谓完成。

两年后，谢常勇将岸边的人画成了以上的样子。之前，她们往往有另外的形象，带着沉重的思考和创伤感，时间感，有一层捉摸不清的年月包浆。

伤害的雕塑，舞蹈的仪式，定型的幽雅，甚至有一些诡异的气氛。

波德莱尔的诗《沉醉》是这样写的：你醒来，醉意减消，去问询微风波涛、星辰禽鸟，那一切逃遁的、呻吟的、流转的、歌唱的、交谈的——现在是什么时刻。它们会说，沉醉的时刻，快去沉醉于诗，沉醉于美，沉醉于酒。

我在这一批作品中读到了它的危险的美，和即将倾倒的悲观色彩。

还是时间。一开始的流水，河里的水，正是对生命神秘性的生动隐喻。那些纷纷的情欲，随着水变成动态的想象。那不仅仅是对空间的想象，也是对时间的想象，更多对命运的想象。人是一种水生的生物。有形的河流为无形的时间代言，河水中储存对生命的训诫和启蒙。而这些青铜质感的舞蹈人体，实际上是在表达时间的脆弱。它坚硬，定固，犹如被时间抽离后的静止。

我曾经不止一次地打量过河水，起初，它的纹路是单调的，只有几种基本的形态，无论河水如何流动，它的变化是重复的，时间一久才会发现那变化是无穷的，像一个古老的谜题，一层层的推演。我没有发现水纹的细微变化，是因为我从来不曾认真打量过河流，我望着河水出神，它的变化无形令人深深沉迷。我知道，当它们从我眼前一一漂过，河已不是从前的河，自己也不再是从前的自己。

　　人们在谈论谢常勇作品时，风景系列往往是被边缘化的，或者完全是被忽略了。其实这类作品作为画家的一种精神现象，一种话语模式，我们无论如何也绕不过它。谢常勇的风景系列既不古典也不现代，而是按照他自己的思路和趣味展开。从较早的《梦回嘉州》到后来的《映》，我们可以看到其间多向追索的轨迹。这些风景都取材于身边，他切身的所见所思。艺术家的取材往往折射着主体观察的方式与趣味崇尚，实际上也就显现着艺术家独特的精神世界。这些作品都充分呈现了画家娴熟的技艺、纯粹的趣味和诗性的情怀。尤其是后一类作品，在光与影极具个性化的捕捉与处理中，景物得到多样的调配与处理，画面整体亦真亦幻的感觉非常到位，其间既有古典派的纯粹，也有浪漫派的激情和印象派的敏感，给人丰富的审美体验。

——陈晓春

木心说：很多人的失落，是违背了自己少年时的立志。自认为成熟、自认为练达、自认为精明，从前多幼稚，总算看透了、想穿了。于是，我们就此变成自己年少时最憎恶的那种人。

常以为人是一种容器，盛着快乐，盛着悲哀。但人不是容器，人是导管，快乐流过，悲哀流过，导管只是导管。各种快乐悲哀流过，一直到死，导管才空了。疯子就是导管的淤塞和破裂。●

生活里哪有绝对的

确

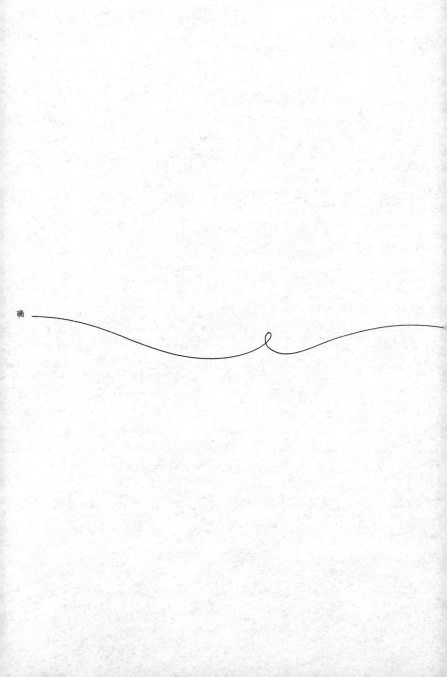

019

何进

—

这些画作

没有名字只有图说

2017.1.11

丹青泼墨，每一次触纸都不是一件精于计算的手艺。合到一处，又活脱一股说不出的恰到好处。所有的看似随意，都被握笔的那只手，那个人把捏得妥妥帖帖。很奇怪的是，我当时在一处清雅文玩之地与何进见面，再看了他一直谦称的"业余之作"后，我总是联想起早先在一外文书店邂逅的《昨天的中国》（法阎雷 Yann Layma），这个法国摄影家用三十年的时间关注了昨天的中国，第 120 页一幅跨页我尤其难忘：照片没有名字，只有图说——
1986，浙江，杭州，西湖。

难忘的是那淡雾状的玉兰色。与我和何进对坐
的感觉很相似，我不知道用一种颜色来形容和一位
画家的对坐是否合适，但我后来看到他的众多习作
和完成作品时，竟惊奇地和那次见面的感觉一样。

何进，跟我一样，会计出身。很多圈内人得知
我是会计学专业时都一脸诧异，我记得大学第一堂
专业课，一位国内会计学专业的泰斗级老教授就跟
我们好奇的"会计是什么"定了义：会计，就是精
确地计算出我们的误差。

生活里哪有绝对的精确，也哪有绝对的误差？
我在毕业多年后，还是不明白会计的真义。我只是
愈发好奇，从小就酷爱绘画艺术的何进，如何鼓足
勇气成为一名画家。一个普遍可信的说法是：这是
他 50 年前的梦想。世事弄人，说不上，他成为了
一名注册会计师和审计师，这当然也是我的那位老
教授对我们的期望。但我似乎背叛了他，我至今搞

不明白那些账目中奇奇怪怪的术语和收支。

访谈中他少言，但敏感，谦和中透着笃定，与他交流，他会有一些可观的遐思，印证他的某段学画经历。"故此他也只能将自己的艺术理想埋藏心底，寄望在工作之余尽可能成全自己的喜好。"我从一位艺术家的评论中看到这样一句。

但我认为他从来不藏。访谈中他有问必答，但话语和他的笔墨一样，经济、深媚，没有从小受过专业训练的何进，对于绘画技艺来说，反而成为一种可期的松弛。4年前去香港采访金庸先生最疼爱的小女儿查传讷，等待中在宾馆旁边的报摊随意买到一份《明报》，繁体，类似副刊上有一篇香港中文大学医学院精神科学系主任黄重光教授多年前写的小品《妈妈，你摘天上的星星给我，好吗？》黄用温馨的笔调写孩子的心愿，写父母的分寸，我一时就读得入了迷。

我们的社会，需要更多的专业人士用简洁的文笔和生活的角度写本行的知识。学建筑的陈从周用随笔的文体写园林，物理大亨杨振宁用干净的英文写治学的趣事，我的好朋友张涵看了何进的画，再了解了何进的经历，说了一句，"这未尝不是对画意构思的解放。少的是束缚，添的是开疆扩土的新思路"。

书画篆刻艺术家、文艺评论家陈沫吾认为何进的作品，"给人一种淡、雅、清、新的感觉。他完全在用自己的生命礼赞山水，感悟花鸟，描绘人物"。这是我认为最符合他作品期待值的评语。

注册会计师何进2011年终于做成了一件事：在没有经过任何专业培训的情况下，何进抱着一堆用了10年业余时间所作的画，来到书画老字号诗婢家。他说："我想办画展，请给我一次机会，因为我需要办一次画展，从中得到指导和帮助。"至今他都特别感谢诗婢家给予的这次办展机会，当时的画展名"问道"正是四川省书法家协会副主席戴跃先生为其所题。

何进说："几年来，这些话语一直如影随行，深深根植于我内心，在不断地鞭策我，催我奋进，知耻而后勇。"那次画展让何进收获颇多。"不是金钱，不是名气，是中肯的批评。让我体会到了什么是批评，什么叫批评的痛，甚至使你刻骨铭心。但它却是一剂良药和猛药，让我看到差距。"何进的自述如同算盘珠，绘声绘影，忆起往事，历历在目。

作画习书淡染绐墨

人清如泉，画淡意浓。套用一句老语。笔下文章，手上功夫，老练起来自有新意。他的"追老"之路，令人侧目。

何进喜用淡墨，在淡中他会尽可能地去表达浓郁的层次与画物的厚重。有言，墨淡易伤神。所以，这样的火候拿捏也就更需要控制。为此，何进很下

As if
We never
met

了不少功夫。他在微茫清淡中展现出的细腻，以淡墨的氤氲去传情，去造境，体现出的工匠精神，也正是中国水墨古人历来追求的极致方向。

诗书画印，历来是大多数中国水墨人公认的中国文人画成熟的标志。当然，在艺术的领域百家争鸣，也有不少更为单纯的看法。何进作画，应该是没有那么多顾虑的。从他的作品里可见涉猎极广。中国水墨中的分类，山水、花鸟、人物还有对书法的研习都被他照顾到了。部分圈内人看重他笔下的工笔清供，颜色、气氛，有特点，不循规蹈矩，有着理性思维中的超脱。我理解，算盘珠轻重自珍，都是一份年月沉浮。

构图，淡墨晕染的构图中，他处理得笔墨轻嫩，却能在其笔下所触见得当代的墨色古气，并且也不乏精细摹写处。在画面空气中，简而孕繁，能观出不少何进的用心。在对《锦上添花海棠瓶》的描写时就可见端倪，细微的瓶纹青花，被何进依依勾勒，潜心之情匠心独运。何进的人物画，也颇有生活意趣的。无论是对形态的描写，还是对背景的处理，都没有受程式化的限制，或芭蕉写意，或牡丹工笔，捏揉在一起，并未显得唐突，淡淡的普蓝，承托出《惊艳》的主角清清雅雅。

美人蕉山水诗意瓶

最近在读一本有意思的书，说是闲书也可以，《宋现代的拂晓时辰》，打的名头有意思：新民说。单讲宋，其实是一个站在近代门槛上的王朝。研究宋史的张邦炜教授曾经感慨："从前人们往往一提到汉朝、唐朝，就褒就捧，一讲到宋代，就贬就抑，积贫积弱。"

其实何止是从前，直至今日，在许多人的眼里，宋朝仍然是被当成一个窝囊的王朝，然而，日本与欧美的汉学家对宋代却不吝于赞美，评价非常之高，美国多所高校采用的历史教材《中国新史》，其中有一章内容就宣称"中国最伟大的朝代是北宋和南宋"。换个角度，换个身份，看待问题的方法就不同了，效果也自然不一。我看何进的清供、青花，好似这被隐约蒙雾的宋朝的气味：有一些隐真，添几分新愁。

荷花山水圆瓶

对于书法，何进一定摹写过不少碑帖，独具秦风的《峄山刻石》是李斯留下的小篆精粹。经过历史的筛选，李斯对用笔的讲究被记录得还很详尽：写字，用笔要急速回转，折画要快，像苍鹰俯冲盘旋一样。收笔好比游鱼得水，运笔就像景山行云，笔画的轻重、舒卷，应自然一体，大方美。

从何进的字里，或多或少，或疏或密可以看出当年李斯书法的运笔痕路，有坚劲，有畅达，线运圆润，结构匀称，粗细均匀。既不失图案之美，又有飞动之势，深得此碑墨趣。

或许，我们不应用最严苛的艺术语法去审视何进的水墨作品。站在一个客观的视点，反而可以让我们注意到他墨中意趣。抽象而富有装饰性，这或许正是何进"业余"的优势。他能从传统国画精神中找出这样的兴趣点，是许多专业从画者容易忽视的，在看似随性的线条中，透得出当代审美。

恩师点化品格清冷

何进的笔下之所以能始终保持那份雅致，古典山水寒烟冷艳，工笔花鸟清新脱俗，与他个人的艺术取向一定分不开。并且，未曾受过学院体系化绘画研习的他，还拜得不少名师点化。

梁时民先生就曾对何进的勤勉赞赏有佳:

何进在笔墨的事情上总是秉承一种坚毅的执着,积极地追求着艺术的与时俱进。他在不断的尝试中,尽可能地去展现出淡墨的丰富变化,在浓淡中,寻觅着自己独到的语言。

陈沫吾细品过何进的作品后说:

在淡雅的支撑下多显清新自然,其墨色、线质、构图都还有广阔的拓展空间。何进先生正在追求将古人水墨的精神发挥到极致,写出浓墨的气韵,淡墨的古色;力求以书入画,避免躁动刻露或媚俗空虚,在努力克服笔墨的粗率简单、浮薄张狂、夸张艳俗的画面时,会在脚踏实地中感悟出中国绘画艺术的真谛。

在何进的山石中,多用中锋、侧锋,讲究墨色变化与笔触的变化与效果。注意用笔、用墨和用水的关系以书法入画，多用长短披麻和拖泥带水等皴法，追求线条的韵律美，清新淡雅，宁静空寂，表现巴山蜀水的润泽和秀美。习古不泥古，表达了作者远离浮躁、喧嚣，亲近自然，向往清静淡泊生活的精神追求。

即奔耳顺之年的何进，对艺术有着自己的深爱和虔诚。致广大、尽精微，修炼自己的艺术品格。何进虽非专业画家，但他能把对职业工作中的严谨精细和坚持执着运用到对艺术的追求上，且淡泊宁静，寂寞空灵，渐悟渐得。

在何进心中，特别感谢他的两位恩师：

梁时民先生和管苣楣先生，是他们给了我勇气、信心和机会。这五年，两位恩师给予我的指导、帮助和关心，使我收获良多，让我感受到艺术是苦力活，每一步都在艰难前行。同时它好似马拉松，赛程很漫长，需要不断地补充养料，才能到达目的地，当然，艺术是没有终点的。

　　我忽然又想起那著名的《昨天的中国》中的彩色照片，西湖有雨，伞撑起，世界就是两人的，面对宽阔西湖，竟油然升起苍茫，胶卷自有胶卷的味道，颗粒感透着如诗的真实，照片依旧沉默，依旧没有名字，只有图说——每一件何进的作品，都像他追艺路上的一个档案卡司，他的这些可供反复检视的作品，审计着这个以精确为生的画家。●

这世间 除了 生 死 哪一桩 不是

020

金士杰

一

不是生死课

而是笑忘书

2017.1.9

一句老话格外有力：这世间除了生死，哪一桩不是闲事？

可生活里没有仓央嘉措。

我很吃惊，当面对《最后14堂星期二的课》里的体育专栏作家米奇，竟有些不可名状的市侩性，我自己曾做过6年体育记者，也在南美洲的智利，差一点面临生死的抉择。那一次是达喀尔拉力赛的采访，差一点就报销在异国。回国后，惊魂未

As if
We never
met

定的同时却莫名其妙写下一行字，如今这行字都印在那台老旧的笔记本电脑面板上：生死必然是一场真正的革命，它将解放所有的人，使他们发现自己与生俱来的权利，这长久以来一直被忽视的内心层面，因此而活在了生命的秘密和光辉之中。

大难不死，必有后福，这是最通俗的生死转换。也是一次难得的自我解嘲。

忘可能比死更难。

生命的秘密是什么？一碗粥，一个饼，一张床，一次亲吻，孩子的一个微笑？拥有又失去？之前去话剧《最后14堂星期二的课》的成都发布会，听了那么多记者噼里啪啦问金士杰，这部戏是不是个悲剧，或者是不是个喜剧，抑或问他父母的成都情结，华西坝的泛黄照片，怂恿他不断用成都话给各位观众打招呼……

说实话我都不感兴趣。我感兴趣的是他如何在都市边缘笑谈生死契阔，如何在台北眷村里奔跑着捉迷藏，然后寻着各种川菜味长大，我感兴趣他如何变得如此敏锐、多愁而寂寞，当然，我们都抱有一份男人的真——他对我说，作为眷村里长大的一代，是没有祖坟的民族。我一直以为长大在眷村里的人会觉得自己的流浪宿命挥之不去，可没想到他骄傲得不行。他曾长期认为眷村的人就是世界中心，他的父母于成都有着难以挥去的情结，而在眷村永远都有成都太太的饭菜香诱……

他似乎没有提到生死，如同《最后14堂星期二的课》的一开始，卜学亮在弹钢琴，金士杰跳到舞台上来，然后开始"随便"地跳舞，其实他是在演一个患有渐冻症的教授……我从没发现生死，竟有这般升腾的烟火气。

你有没有勇气面对一次心平静气的死？或者直接挑个难的：你有没有勇气面对一次彻底的平静的遗忘？

As if
We never
met

只有看清了生命的终点
才能更好地活在当下
所以我们如此期待
期待生命中的一切
甚至是死亡

我想分享一个最简单的感受：金士杰演一个教授，他教授人们如何迎受生，如何正确而高尚地生活，而在死面前，我们每一个人都是学生。

说是上课，多残酷，生死还要教。因为生，你控制不了，死，你也控制不了，死只有领受，只有体会那种节奏，像檀香刑，更残酷。人生有好多不能说再见的遗憾。

一个网友在参加完金士杰、卜学亮当天在方所的分享会后，这样留言。我惊到。

给生说了再见，不是更遗憾？我很后悔没完整听完那场分享，实际上我认为金士杰在回答了我那几个关于生死、快慢、意义的问题后，更想回答一些"终生"的事情。

比如他说艺术就是终生的事情，浅尝辄止不要找他。比如他说文艺青年和艺术家的区别是：一个是爱好者，一个是殉道者。比如他说成长时期，身体和内心永远都处于饥饿状态，于是他有一次被请去吃宵夜，吃得太撑而差点死在店门口，他看各种稀奇古怪的书——哲学、宗教、文学、心理学，一直在想：我干嘛活着？

人之生也，与忧俱生。寿者惛惛，久忧不死。何苦也！其为形也，亦远矣！
　　　　　　　　　　　　——《庄子·至乐篇》

金士杰 57 岁结婚，60 岁生了一对龙凤胎，可那份悲观丝毫没减，但为了孩子，他必须乐观。不但是为了奶粉钱，也为了这个悲苦世界里，有过他

As if
We never
met

这样一份飞翔的色彩。

悲观是我之为我也不可缺的一个特色。

一个显然共鸣的例子——你有没有在孩子关灯熟睡、给他们睡前一吻后，那种悲观和疲倦，又卷土重来？

金士杰看着我，好几秒都没有接话，他显然在强调这种卷土重来的作为一个男人的悲观和疲倦。他是忘不了他的苦难。他曾是一个多骄傲的人啊。是啊，荒唐，可后来我们不都顺应了那些一直抗拒的生活磨砺吗？我们变得世故，老练，假话张口就来。在生活面前，我们从没拿起来过。

这个世界上不管有什么样的喜悦

完全来自希望他人快乐

这个世界上不管有什么样的痛苦

完全来自希望自己快乐

我突然联想到老戏骨金士杰演《暗恋桃花源》

里的那一句：这些年，你有没有想过我?

老都老了，还在惦念那份爱。

我想哭。爱都这么悲苦，何况生死。

作为目前在台湾现代剧场仍旧活跃的金士杰，有着殉道者的魂魄，那种朴拙而真实的演出，于浮躁当下，弥足珍贵。

我惊讶他少年时的嚣张，能在乱坟岗看一天书，别人惧怕，他不惧怕，其中当然会有硬装的可能性，不过他真是享受那份与死亡促膝相坐的孤独。他哪知道恐惧，当一走近那里，就像一群待浇水的花朵，恐惧就被干掉了。他时常摸自己的脸骨，想象那皮相下面的骨头，那是个痛苦的甬道，连死亡我们都要学习……

真的，死也是门技术，你不掌握，你会死得很丑很难看。

金士杰臂展有 181 公分，这正好适合做钢琴手、工匠或兽医，很不幸，他就曾是个兽医，他用巨大的臂展，帮养猪场难产的母猪接生，也曾无数次考虑过，如何处理有残疾的猪仔安乐死。他生生目睹过这种痛苦的生，才明白安乐死这种痛苦而幸福的报销方式。当兽医的那一年半，他曾带着吉他多次走进猪圈与它们聊天，最后又目送这群肥胖的可人儿催向死亡：屠宰场那血腥横飞的驱赶和肢解就像辉煌的炮仗，祝贺他精心的饲养又一次前功尽弃。

于是，他又变成刽子手旁边无所适从的怪胎：他说不清自己到底喜不喜欢这工作，只知道不适应都市，他习惯了满手污秽，骑个破烂自行车从猪舍旁边呼啸而过——对于一个穷过的人来说，心安理得的自由是多么可贵。

我猜想，戏中的莫利一定是坐在自己身边，以最深切的、最诚恳的柔和语气说：

我就在这里陪你，我爱你，你将要去世，虽然那一天永远无法预知，死亡是多正常的事。可我希望你可以留下来陪我，但我不要你再受更多苦。我们相处的日子永远不够，可够又是多久多长啊。我要做的就是永远珍惜。我无比诚恳地允许你走开，我和你道别，轻轻地道别，随时可以见面的道别。你并不孤独，现在乃至永远，你拥有我全部的爱。

人生有八苦，生、老、病、死、爱别离、怨长久、求不得、放不下。这部戏，给全了。

两个人的戏最不好演。既是对话，又是对抗。我倒是觉得，两人在谈生死，实际上一个人在演"生"，一个人在演"死"，一个软，一个硬，一个喜悦，一个痛苦，一个清寂，一个市侩。要允许快乐地死。真的。

沈从文写：每次走都不放心，生怕一别即永诀。看戏里的莫利，心灵鸡汤一碗碗服下，不觉得有毒，反而壮实地穿过我们的日子，走上另一条街，去观察自己如何一天天地与我们好过的男人、女人、孩子、情人、父母告别，其实每天都一样，就是在学着如何遗忘，如何告别，流泪变花朵。

道别。多好的布施。

As if
We never
met

没有哪一种布施意义大过帮助一个人好好地死。这部戏要演给所有活得好好的人看的，多大的福祉啊。

我问，这部戏到底讲什么？我以为金士杰会说多么禅意的话，结果他对我说：这部戏不是他们讲的笑中带泪，或者泪中带笑，都不准确。卜学亮有一次在街上遇到一个朋友，见面就对他说，诶，小亮，我看了你那部戏《最后14堂星期二的课》……然后呢？怎么了？

没有然后了。

金士杰说有很多次，戏演完，大幕收起，剧场灯光啪啪打亮，一些人显然还在戏里，东张西望，怅然若失，说不出来。

戏演到深处，留白最动人。●

图书在版编目（CIP）数据

乌鸦穿过玫瑰园 / 谢礼恒著. — 成都：成都时代出版社，
2017.5

　　ISBN 978-7-5464-1851-3

　　Ⅰ. ①乌… Ⅱ. ①谢… Ⅲ. ①散文集—中国—当代Ⅳ. ①
I267

中国版本图书馆CIP数据核字(2017)第089587号

乌鸦穿过玫瑰园
WUYA CHUANGUO MEIGUIYUAN

谢礼恒 / 著

出 品 人	石碧川
责任编辑	龚爱萍
责任校对	李　佳
装帧设计	许天琪
印制总监	袁海忠
责任印制	干燕飞

出版发行	成都时代出版社
电　　话	（028）86742352（编辑部）
	（028）86615250（发行部）
网　　址	www. chengdusd. com
印　　刷	四川新财印务有限公司
规　　格	130mm×195mm
印　　张	9.75
字　　数	140千
版　　次	2017年6月第1版
印　　次	2017年6月第1次印刷
书　　号	ISBN 978-7-5464-1851-3
定　　价	58.00元

浏览更多文章

扫码关注艺术野疯狂

合作洽谈·亲密互动

请致函作者邮箱

358364413@qq.com

ISBN 978-7-5464-1851-3

定价：58.00元